Anders met

VERSE BLOEMEN

Anders met VERSE BLOEMEN

Vijftig inspirerende ontwerpen
voor bloemschikkers die met hun tijd meegaan

FIONA BARNETT

EN

ROGER EGERICKX

FOTOGRAFIE

DEBBIE PATTERSON

ADC

Oorspronkelijke titel New ways with fresh flowers

Productie De Laude Scriptorum BV, Harmelen

Vertaling Saskia Snepvangers (Creatext)

Zetwerk Intertext, Antwerpen

ISBN 90-5561-167-0

Wettelijk Depot D/1997/7120/9

INHOUD

• • •

INLEIDING

Bloemschikken vergt zorg en aandacht, of het nu om een ingewikkelde corsage of om een eenvoudig gebonden boeketje gaat. Op de volgende bladzijden krijgt u advies over kleur, onderlinge verhouding en proportie, het verzorgen van bloemen, benodigdheden, vazen en potten en het gebruik van groenten en vruchten in bloemschikkingen. Ook de techniek van het op draad zetten wordt uitvoerig uitgelegd. Op die manier wordt de lezer in staat gesteld om vol vertrouwen mooie bloemstukken te maken.

Rechts: Deze tulpen geven een schitterend koepelvormig effect dat van alle kanten gezien mag worden.

Onder: De rode kornoeljetakken vormen een decoratief element voor de structuur van deze bloemschikking.

Onder: Een bruidsboeket moet een juiste verhouding hebben ten opzichte van de persoon die het draagt.

DE BALANS

De balans is heel belangrijk bij het schikken van bloemen, zowel wat materiaal als wat aanzicht betreft. Allereerst moet de bloemschikker zorgen voor het natuurlijke evenwicht van het bloemstuk. Dat houdt in dat hij inzicht heeft in de uitwerking van het arrangement, de soorten en afmetingen van de plantenmaterialen die gebruikt worden, dat hij weet op welke plaats de bloemen geschikt gaan worden en in wat voor pot, bak of vaas. Verschillende soorten bloemstukken vragen om verschillende manieren om voor de balans te zorgen.

Een groot bloemstuk dat op een piëdestal komt te staan zal een zware, stevige bloembak nodig hebben. De te schikken materialen moeten gelijkelijk over de bak verdeeld worden en het gewicht moet zich zo dicht mogelijk bij de bodem bevinden. Zorg ervoor dat de langere bloemen en bladeren het bloemstuk niet topzwaar maken.

Een bloemstuk op de schoorsteenmantel kan heel moeilijk stabiel te maken zijn, omdat het materiaal dat over de schoorsteenmantel heen hangt, het bloemstuk waarschijnlijk naar voren zal trekken. Gebruik dus een zware bak en steek de bloemen en bladeren er zover mogelijk naar achteren in.

Controleer de stevigheid van een bloemschikking verschillende malen terwijl u het in elkaar zet. Om een zichtbare balans in een bloemstuk te krijgen, hebt u niet alleen te maken met de schaal, de verhouding en de kleuren, maar moet u ook een middelpunt in het stuk creëren.

Het middelpunt van een bloemstuk is een gebied waar het oog op natuurlijke wijze heen getrokken wordt en waar alle materialen die erin verwerkt zijn, vandaan lijken te komen. Hoewel de plaats van het middelpunt verschillend kan zijn, afhankelijk van het soort bloemstuk, zal het zich over het algemeen in de buurt van het midden bevinden. Dat is de plaats waar de meest in het oog lopende kleuren en vormen samengebracht moeten worden, met de lichtere kleuren meer aan de buitenkant.

Denk bij een bloemschikking altijd in drie dimensies en vergeet daarbij nooit dat deze behalve een voorkant ook zijkanten en een achterkant heeft. Het is niet moeilijk om daaraan te denken als het om een boeket gaat of om een vrijstaand bloemstuk op een piëdestal, maar men kan het vergeten als een bloemstuk tegen de muur wordt gezet. Zelfs een schikking met een platte achterkant heeft diepte en een vorm nodig. Terugwijkende materialen rond een middelpunt dragen ertoe bij dat het stuk diepte en nadruk krijgt.

De balans in een bloemstuk is de integratie van alle visuele factoren die er een harmonieus geheel van maken en met wat oefening zult u het vermogen ontwikkelen om dit te bereiken.

ONDERLINGE VERHOUDING EN PROPORTIE

Afmetingen vormen een heel belangrijk punt van overweging wanneer men een bloemschikking gaat ontwerpen.

Om een bloemschikking te maken die een lust is voor het oog, moeten de afmetingen van de verschillende bloemsoorten die in hetzelfde bloemstuk worden gebruikt, niet teveel van elkaar verschillen. Het zou bijvoorbeeld moeilijk zijn een amaryllis in een juiste verhouding te krijgen tot een lelietje-van-dalen. Het soort bladeren dat men gebruikt moet de juiste afmetingen hebben ten opzichte van de bloemen, het bloemstuk zelf moet in de juiste verhouding staan tot de bak waar het in staat en de schikking en de bak samen moeten weer in de juiste verhouding staan tot de omgeving waarin zij worden neergezet. Een bloemstuk in een grote ruimte in een openbaar gebouw moet van zichzelf al groot genoeg zijn om op te vallen en omgekeerd hebt u voor een nachtkastje niet veel meer nodig dan wat bloemen in een klein vaasje.

De proportie is de relatie tussen de breedte, de hoogte en de diepte in een bloemstuk en in verband daarmee zijn er een paar vuistregels die de moeite waard zijn om te onthouden.

❖ In een handgebonden boeket moet de lengte van de stelen onder het punt waar ze bijeen worden gebonden, ca. 1/3 in beslag nemen van de totale hoogte van het boeket.
❖ In een loshangend bruidsboeket zal het middelpunt van het bloemstuk zich waarschijnlijk op eenderde van de totale lengte bevinden, vanaf het laagste punt gerekend.
❖ Voor een bloemschikking op een plantentafeltje zal het middelpunt zich ongeveer op tweederde van de totale hoogte bevinden, gerekend vanaf het hoogste punt.
❖ Een vaas voor bloemen met lange stelen, bijvoorbeeld lelies, moet een hoogte hebben die overeenkomt met ongeveer eenderde van de hoogte van de bloemen.
❖ Het middelpunt van een corsage bevindt zich op ongeveer eenderde van de totale hoogte, vanaf de onderkant gerekend.

Maar denk eraan dat de beslissing met betrekking tot de onderlinge verhoudingen en de proportie van een bloemstuk een kwestie van persoonlijke smaak is en dus van mens tot mens zal verschillen. Het belangrijkste is dat u een aantal regels over onderlinge verhoudingen en proportie niet voetstoots aanneemt, maar dat u deze factoren in uw overwegingen betrekt en dat u uw eigen kritische vermogens op dit gebied ontwikkelt.

Kleuren

De manier waarop kleur wordt gebruikt, kan van wezenlijk belang zijn voor het welslagen of de mislukking van een bloemstuk en er zijn verschillende factoren die u in gedachten moet houden wanneer u een beslissing neemt over de kleurensamenstelling.

Hoewel de meeste mensen wel oog hebben voor kleuren, is het nuttig om iets te weten over de theorie van kleuren. Rood, blauw en geel zijn de primaire kleuren waar alle andere kleuren van afgeleid zijn. Rood, oranje en geel zijn warme kleuren die vermoedelijk een opwindend visueel effect zullen sorteren, terwijl groen, blauw en paars kouder zijn en rustiger voor het oog.

In zijn algemeenheid geldt, dat hoe lichter, feller en levendiger een kleur is, des te meer hij in een schikking zal overheersen. Wit (dat technisch gesproken neerkomt op de afwezigheid van kleur) domineert ook in een bloemstuk.

Van de andere kant, hoe donkerder en kouder een kleur is, des te meer hij in een bloemstuk voor het oog naar de achtergrond zal verdwijnen. Het is belangrijk hieraan te denken wanneer u grote bloemschikkingen ontwerpt die van een afstand gezien zullen worden. In dat soort omstandigheden kunnen blauw en paars in een bloemstuk verloren raken.

Meestal wordt er in visueel opzicht een bevredigende balans verkregen als de bloemen met een meer krachtige, levendige kleur in de buurt van het midden van het bloemstuk worden gezet met de lichtere, meer subtiele kleuren aan de buitenkant.

Nu u gewapend bent met enige basiskennis van de kleurentheorie kunt u met meer durf een kleurenpalet samenstellen. 'Veilige' kleurencombinaties zoals pasteltinten met wit, of rozerood met zachtpaars zijn bekend, maar experimenteer eens met oranje en paars, geel en blauw en zelfs rood en geel en u zult een opwindende dimensie toevoegen aan uw bloemschikkunst.

Boven: Een kronkelige tak vormt een ongewone 'stam' voor dit sierkolenboompje.

Linksboven: De zware bloesems van de witte sering steken af tegen de donkere stelen van wilgenkatjes en kersentakken.

Boven: Deze felgele zonnebloemen vormen een prachtig geheel met de donkere, kronkelige hazelaartakken.

Links: De natuurlijke groene, gele en zachtpaarse tinten van deze kruiden passen volmaakt bij elkaar.

VAZEN EN BLOEMPOTTEN

• • •

Voor wie bloemen schikt is er een grote verscheidenheid aan geschikte, doelmatige, speciaal vervaardigde bloempotten en vazen verkrijgbaar, maar met een beetje fantasie zullen zich ook allerlei alternatieven aandienen, vaak in de vorm van voorwerpen die we op het eerste gezicht niet hadden verwacht. Een oude kan of theepot, een mooie mok waarvan het oor is gebroken, een opmerkelijk blikje, een emmer of een jampotje bieden de bloemschikker allemaal interessante gebruiksmogelijkheden.

Denk eraan dat het voorwerp in kwestie waterdicht moet zijn of bekleed moet worden als het voor verse bloemen wordt gebruikt. Denk na over de afmetingen en de proporties van de bak of vaas zowel ten opzichte van de bloemen die u gaat gebruiken, als ook met betrekking tot het soort schikking.

Vergeet niet dat een bloempot, bak of vaas een verborgen deel van het ontwerp kan zijn dat er alleen maar is om het bloemstuk ergens in te kunnen zetten, maar dat het ook een wezenlijk en belangrijk deel van de hele schikking kan uitmaken.

Bakblikken

Afgezien van de gewone ronde, vierkante of rechthoekige bakblikken, is er ook een aantal nieuwe vormen verkrijgbaar. Er worden bakblikken gebruikt in de vorm van sterren, harten, klaveren, schoppen en ruiten om bijzonder uitziende cakes mee te maken en deze kunnen ook heel goed gebruikt worden om interessante bloemschikkingen te creëren.

Deze bakblikken zijn vooral geschikt voor samengestelde ontwerpen, hetzij van verse of gedroogde bloemen, maar denk eraan dat het blik misschien bekleed moet worden als het voor verse bloemen wordt gebruikt.

Manden

Manden die van natuurlijke materialen zijn gemaakt, vormen een voor de hand liggende keus bij informele bloemstukken in countrystijl. Er is echter een grote verscheidenheid aan manden verkrijgbaar die voor veel verschillende stijlen geschikt zijn. Grote manden zijn prima voor op tafel of voor bloemstukken die op één bepaalde plaats blijven staan, terwijl kleinere mandjes met handvatten door bruidsmeisjes gedragen kunnen worden of gevuld met bloemen of planten prachtige geschenken worden. De traditionele wilgentenen mandjes zijn ook verkrijgbaar met kruiden of lavendel erin verwerkt.

Een eenvoudige vaas vormt een volmaakt geheel met de beeldende kracht van de witte aronskelken.

Draadmandjes of metalen mandjes bieden een sierlijk alternatief voor manden van wilgentenen of takjes, omdat het ijzerdraad omgebogen kan worden tot ingewikkelde vormen en ook een meer modern aanzicht geeft.

Gietijzeren vazen

Het investeren in een duurder soort vaas, namelijk de gietijzeren vaas, wordt beloond met de prachtige klassieke achtergrond die hij voor bloemschikkingen vormt. Of de schikking nu groot en vloeiend is of modern en strak, de visuele kracht van een klassieke vaasvorm zal voor de nodige ondersteuning zorgen.

Natuurlijk is het gewicht van een gietijzeren vaas een factor waar u rekening mee moet houden; het is een pluspunt in zoverre dat hij ook met een enorme bos bloemen erin stevig zal blijven staan, maar een minpunt wanneer u hem moet gaan verplaatsen!

Geëmailleerde vazen en bloempotten

De aantrekkingskracht van een geëmailleerde vaas of bloempot ligt waarschijnlijk in de heldere kleuren die ze meestal hebben. Vazen in krachtige, primaire kleuren doen het goed bij evenzo fel gekleurde bloemen en leveren levendige bloemschikkingen op.

Emmers en potten van zink

Het meest voor de hand liggende praktische voordeel van zinken voorwerpen is dat ze niet kunnen roesten. Het aantrekkelijke zilverkleurige en geboende uiterlijk is ideaal voor moderne schikkingen, zowel met verse als met gedroogde bloemen.

Tegenwoordig zijn dit soort potten en bakken, die in zink zijn afgewerkt, in tal van vormen en afmetingen verkrijgbaar, maar u kunt zelfs een ouderwetse emmer gebruiken om een uitstekende bloemschikking te maken.

Vazen van glas

Een glazen vaas is vaak het eerste dat bij u opkomt om bloemen in te schikken. En er is inderdaad een enorme verscheidenheid aan speciaal vervaardigde vazen te koop.

De proporties in dit ontwerp laten deze klassieke vaas duidelijk tot zijn recht komen.

Voor wie het bloemschikken serieus neemt, zijn vooral eenvoudige vazen van doorzichtig glas interessant, die in alle mogelijke maten en geometrische vormen worden gemaakt. De waarde ervan ligt in hun gebrek aan versiering, waardoor de bloemschikking meer voor zichzelf spreekt. Denk eraan dat het doorzichtige glas met zich meebrengt dat het water regelmatig moet worden ververst en heel schoon moet blijven, omdat wat zich onder water bevindt ook deel uitmaakt van het bloemstuk.

Er zijn ook veel andere soorten vazen – van matglas, van gekleurd glas, met reliëf of geslepen glas – en deze nemen in het assortiment van de bloemschikker allemaal een plaats in.

KANNEN EN KRUIKEN

Aarden kruiken zijn van alle soorten vazen of potten eigenlijk het meest geschikt om bloemen in te zetten. Ze zijn er van keramiek, glas, van email of van zink; klein, groot, smal, dikbuikig – wat hun vorm, maat of kleur ook is, ze bieden de bloemschikker een groot aantal mogelijkheden.

Bloemschikkingen kunnen variëren van eenvoudig en informeel tot groots en overdadig, afhankelijk van welke vazen en materialen u kiest.

Een gevarieerde keuze uit het uitgebreide aantal bloembakken, potten en vazen die voor het schikken van bloemen gebruikt kunnen worden.

VOORGEVORMD SCHUIM

Steekschuim is schoon om te hanteren, gemakkelijk in het gebruik en verkrijgbaar in allerlei verschillende vormen en maten, bijvoorbeeld rond, in de vorm van een kruis, rechthoekig en zelfs in nieuwe vormgevingen zoals sterren, cijfers, harten en teddyberen. Elke vorm is een vochtvasthoudend stuk steekschuim met een waterdichte ondergrond. Soortgelijke steekschuimvormen zijn er ook voor droogbloemen.

Steekschuim wordt vaak geassocieerd met ontwerpen voor begrafenissen en dergelijke, maar het biedt de bloemschikker een verscheidenheid aan basisvormen voor veel andere soorten bloemschikkingen.

TERRACOTTA PLANTENPOTTEN

Terracotta potten, oud of nieuw, niet alleen geschikt voor planten, maar kunnen ook heel goed worden gebruikt om een bloemschikking te herbergen. Als de schikking op steekschuim wordt gemaakt, bekleed de pot dan met cellofaan (plastic inpakpapier), voordat u het steekschuim erin doet, om te voorkomen dat het water erdoor lekt. Als alternatief kunt u ook een jampotje of kommetje in de pot zetten om het water vast te houden.

U kun terracotta potten kunnen heel goed een heel ander uiterlijk geven door middel van verschillende technieken, bijvoorbeeld door ze in te wrijven met verschillende gekleurde krijtjes, of ze met bladgoud te behandelen. U kunt ze er ook oud uit laten zien door het gebruik van organische stoffen als zure melk die, als u hem in de pot laat staan, het hele oppervlak van de pot zal aantasten.

TUINMANDJES EN DOZEN VAN HOUTSTROKEN

Ouderwetse tuinmandjes en zaaddoosjes van houtstroken kunnen een aantrekkelijke en opmerkelijke basis vormen voor bloemstukjes. Door hun eenvoud zijn ze vooral geschikt voor ongekunstelde ontwerpen in countrystijl waarbij het mandje een versterkende werking heeft. U kunt het oppervlak van een houten mandje een heel ander aanzien geven door het in te wrijven met gekleurd krijt.

Natuurlijk moet u er wel aan denken het mandje met waterdicht materiaal te bekleden als er verse bloemen of planten in het bloemstuk worden gebruikt.

BENODIGDHEDEN

• • •

Wie zich met bloemschikken bezighoudt, kan zich met een minimum aan benodigdheden redden wanneer hij of zij net begint. Maar naarmate de bloemschikker meer durf krijgt, zullen een keur aan speciaal gereedschap en allerlei andere dingen die men nodig heeft, goed van pas komen. In dit hoofdstuk worden de gereedschappen behandeld die in de ontwerpen uit dit boek gebruikt worden.

CELLOFAAN (PLASTIC INPAKPAPIER)
Als verpakking voor een boeket kan cellofaan een bos bloemen in een prachtig geschenk veranderen, en het heeft praktisch nut als waterdichte bekleding voor bloempotten of bloembakken. Het kan ook een speciaal effect geven wanneer het als een prop in een vaas met water wordt gedaan om de bloemstelen te ondersteunen.

SPECIALE LIJM
Deze heel plakkerige lijm wordt geleverd in een pot en is de voorloper van de hete, gesmolten lijm van het lijmpistool. U hebt hem nodig wanneer u linten van synthetisch materiaal bevestigt of andere materialen waar de hitte van een lijmpistool een ongunstig effect op heeft.

WATERVASTE TAPE
Dit is een sterke plakbandsoort die gebruikt wordt om het steekschuim in de pot of bak vast te zetten. Hoewel het onder de meeste omstandigheden wel goed zal plakken, moet u toch uitkijken dat het niet te nat wordt, omdat de werkzaamheid van de lijm daardoor vermindert.

STEEKSCHUIM
Steekschuim is er in een uitgebreide serie vormen, maten en dichtheden; het is zowel voor gedroogde als voor verse bloemen verkrijgbaar. Het rechthoekige blok is de meest bekende vorm, maar er zijn ook andere vormen voor speciale doeleinden.

Steekschuim is licht in gewicht, is gemakkelijk te hanteren en heel makkelijk met een mes in de juiste vorm te snijden. Een blok steekschuim voor verse bloemen kan heel snel water opzuigen (ongeveer in 1 minuut), maar u moet het

Zorg ervoor dat u alle materialen onder handbereik hebt voordat u een ontwerp gaat maken.

niet opnieuw nat maken, omdat de structuur dan verandert en de werkzaamheid afneemt. Steekschuim voor droogbloemen kan te hard lijken voor de fijne steeltjes van sommige bloemen, maar er is ook een zachtere soort verkrijgbaar, dus bedenk van tevoren welke soort u nodig hebt voordat u aan een ontwerp begint.

BLOEMENSCHAAR
Een sterke, scherpe schaar is het belangrijkste gereedschap voor wie bloemen schikt. De schaar wordt gebruikt om alle dingen te knippen die je verwacht, maar hij moet ook stevig genoeg zijn om houten stengels en zelfs ijzerdraad mee door te knippen.

CAOUTCHOUC OF BLOEMENTAPE
Dit soort tape plakt niet, maar de warmte van uw handen zal ertoe bijdragen dat het tegen zichzelf aanplakt terwijl het om een stengel wordt gewikkeld. Het wordt gebruikt om ijzerdraad weg te werken en het uiteinde van stengels af te binden. Het wordt van plastic of van crêpepapier gemaakt en het is een beetje rekbaar, zodat het een dun laagje vormt. Caoutchouc is in allerlei kleuren verkrijgbaar, maar normaal gesproken wordt voor verse bloemen groen gebruikt.

IJZERDRAAD
IJzerdraad wordt gebruikt om de materialen te ondersteunen, in bedwang te houden en vast te maken en ook om de stelen te verlengen en te vervangen wanneer het nodig is om het gewicht te verminderen. IJzerdraad wordt gewoonlijk in verschillende lengtes verkocht. Bij de meeste ontwerpen in dit boek hebben we een lengte van 36 cm gebruikt. Gebruik altijd de dunst mogelijke soort ijzerdraad die toch nog voldoende steun geeft. IJzerdraad is te koop in diktes van 0,4 tot 1,5 mm en is groen gelakt om minder op te vallen. Voor heel tere bloemen is er nog zilverdraad van 0,28 mm.

Zorg ervoor dat het ijzerdraad op een droge plaats wordt bewaard omdat het gaat roesten als het vochtig wordt.

HANDSCHOENEN
Tijdens het bloemschikken is het dragen van handschoenen bij sommige handelingen misschien lastig, maar het is verstandig om uw handen te beschermen wanneer het nodig is, vooral als u materialen met scherpe dorens onder handen hebt of sap dat de huid mogelijk kan irriteren. Bewaar dus een paar rubberen huishoudhandschoenen en voor zwaar werk tuinhandschoenen bij uw gereedschap.

LIJMPISTOOL
Het lijmpistool is een elektrisch aangedreven apparaat waar staafjes lijm in worden gestoken. De staafjes worden door het apparaat gesmolten, zodat de gebruiker de lijm kan aanbrengen door de trekker over te halen. In de bloemisterij is het een betrekkelijk nieuwe ontwikkeling, maar van onschatbare waarde omdat het de bloemschikker in staat stelt gedroogde of verse materialen stevig, schoon en doelmatig vast te maken aan slingers, guirlandes en kransen.

De lijm en het uiteinde van het lijmpistool zijn bijzonder heet, dus let altijd goed op als u een lijmpistool gebruikt. Laat een heet lijmpistool nooit onbeheerd achter.

PAPIEREN LINT
Papieren lint is een alternatief voor een satijnen of synthetisch lint en is verkrijgbaar in een grote sortering van meestal gedempte, zachte kleuren. Het wordt in gedraaide of opgerolde vorm verkocht. Knip zoveel lint als u nodig hebt in zijn gedraaide vorm af, haal het daarna voorzichtig uit elkaar en strijk het helemaal glad voordat u er een strik in maakt.

Bloemenprikker

De bloemenprikker is een ongeveer 2 cm dikke schijf van zwaar metaal, die gelijkmatig is bedekt met scherpe metalen pinnetjes die ongeveer 3 cm lang zijn. Bloemenprikkers zijn er in allerlei maten voor verschillende soorten bloemstukken.

De bloemenprikker wordt in het water gelegd en de onderkant van de bloemstengels wordt op de pinnen gezet. Het gewicht van de stengels wordt in evenwicht gehouden door het gewicht van de bloemenprikker. Hij is ideaal voor het ontwerpen van bloemstukken in Ikebanastijl of schikkingen met rechtopstaande takken.

Raffia

Raffia is een natuurlijk alternatief voor touw en lint en er zijn verschillende toepassingen mogelijk. Men kan het, met een paar draden tegelijk, gebruiken om er een bos bloemen mee samen te binden die met de hand in de vorm van een spiraal is geschikt, of om bossen gedroogde of verse bloemen aan guirlandes en slingers te bevestigen. De dikkere soorten kunnen ook gebruikt worden om boeketten en schikkingen af te werken, door ze af te binden en er sierlijke strikken van te maken.

Begin met de basisuitrusting en voeg er dingen aan toe naarmate u meer vaardigheid ontwikkelt.

Rozenstripper

Dit vindingrijke apparaatje hebt u beslist nodig als u rozen met veel doornen moet hanteren. Knijp de metalen grijpers tegen elkaar en trek de stripper langs de stengel, dan zullen de doornen en de bladeren worden verwijderd. Er zit ook een snijgedeelte aan om de uiteinden van de stelen schuin af te snijden. Draag altijd dikke tuinhandschoenen.

Satijnen lint

Satijnen lint is verkrijgbaar in allerlei verschillende breedtes en kleuren en is voor de bloemschikker van onschatbare waarde op ogenblikken dat men een feestelijke tintje aan het geheel wil geven. Satijnen lint heeft de voorkeur boven synthetisch lint omdat het er zoveel zachter uitziet en ook zachter aanvoelt. Het enige nadeel is dat het rafelt wanneer het afgeknipt wordt.

Snoeischaar (tuinschaar)

Deze hebt u nodig om de hardere, dikkere stengels en takken met bladeren af te snijden. Ga altijd zorgvuldig om met scharen en snoeischaren en laat ze niet binnen het bereik van kinderen liggen.

Twijndraad

Touw of twijndraad is van essentieel belang wanneer u bossen bloemen in de vorm van een spiraal gaat binden, slingers maakt of bladeren aan hekken of palen vastmaakt.

Kippengaas

Hoewel steekschuim het bloemschikken nu veel makkelijker maakt, neemt kippengaas nog steeds een belangrijke plaats in in het assortiment van de bloemist.

Wanneer men grote bloemstukken ontwerpt, is kippengaas van wezenlijk belang om het steekschuim te verstevigen en om te voorkomen dat het gaat verkruimelen wanneer er een groot aantal stengels in wordt gestoken. Men moet het kippengaas in de lengte van de rol knippen, een beetje buigen, om de zijkanten van het steekschuim wikkelen en tussen het steekschuim en de bloembak stoppen; daarna moet het vastgezet worden met watervaste tape.

TECHNIEKEN

• • •

OMWIKKELEN
(MET BLOEMENTAPE OF CAOUTCHOUC)

Stengels en ijzerdraad worden om drie redenen met caoutchouc bedekt: ten eerste kunnen afgeknipte bloemen die met ijzerdraad zijn omwikkeld niet langer water opnemen, en door ze met caoutchouc te bedekken wordt het vocht dat al in de plant aanwezig is vastgehouden; ten tweede maakt caoutchouc de ijzerdraadjes onzichtbaar, die uiterst nuttig zijn, en geeft zo een meer natuurlijk aanzicht aan de nepstengel; ten derde worden met ijzerdraad omwikkelde materialen met caoutchouc bedekt om er zeker van te zijn dat het materiaal niet uit de bedrading losraakt.

1 Houd de met ijzerdraadjes omwikkelde stengel aan de bovenkant vast met het uiteinde van een stuk bloementape (caoutchouc) tussen de duim en wijsvinger van één hand. Houd met uw vrije hand de rest van de bloementape in een hoek van 45° ten opzichte van de met ijzerdraad omwikkelde stengel; houd hem strak. Begin aan de bovenkant van de stengel, net boven het ijzerdraad, draai de bloem langzaam rond om de bloementape om de stengel en de ijzerdraadjes heen te wikkelen, terwijl u naar beneden toe werkt. Door de bloementape strak te houden, zal hij in een dunne laag om de stengel en het ijzerdraad komen te liggen. Elke laag moet over de vorige laag heen vallen en eraan vastplakken. Als u wilt, kunt u op verschillende hoogtes bloemhoofdjes toevoegen, terwijl u de bloementape aanbrengt om 'eenheden' (zie pag. 15) te maken. Hecht tenslotte net boven het uiteinde van de ijzerdraadjes af door de bloementape tegen zichzelf aan te knijpen, zodat het stevig vastplakt.

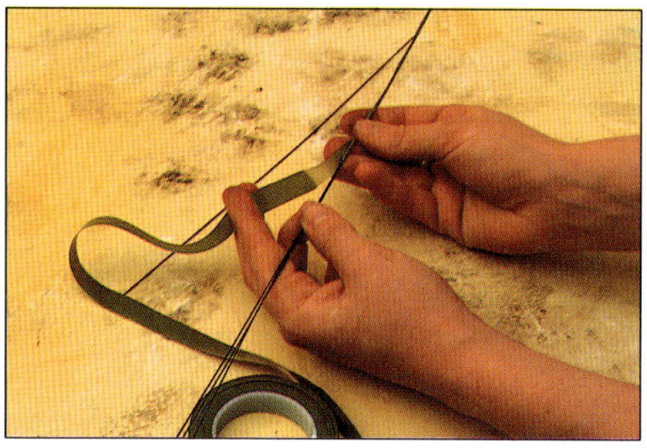

EEN STEUNDRAAD MAKEN

1 Maak groepjes van vier stukken ijzerdraad van 0,7 mm en laat daarbij elk stuk ijzerdraad 3 cm verder reiken dan het volgende ijzerdraadje. Begin de stukken ijzerdraad vanaf één kant met bloementape (caoutchouc) bijeen te binden. Wanneer u met de bloementape bij het eind van het eerste stuk ijzerdraad bent gekomen, voeg dan nog een ijzerdraadje toe en ga verder met het toevoegen van stukken ijzerdraad en het omwikkelen van telkens vier stukken ijzerdraad tot de steundraad de gewenste lengte heeft.

OP DRAAD ZETTEN MET ENKELE POOT

Dit wordt gedaan om bloemen op draad te zetten die van nature een sterke stengel hebben of waar een dubbele hoeveelheid ijzerdraad niet nodig is om het plantenmateriaal te ondersteunen.

1 Houd de bloemen of bladeren tussen de duim en wijsvinger van één hand, terwijl u het gewicht van het materiaal (dat wil zeggen de bloemhoofdjes) op de bovenkant van uw hand laat rusten. Leg een stuk ijzerdraad met de gewenste dikte en lengte achter de stengel, ongeveer eenderde van de onderkant af. Buig de draadeindjes naar elkaar toe; de ene poot moet korter zijn dan de andere. Houd de korte poot evenwijdig aan de stengel, wikkel de lange poot drie of viermaal stevig om de stengel en het andere ijzerdraadje heen. Trek de lange poot van ijzerdraad nu recht om de stengel te vergroten. Bedek de stengel en het ijzerdraad met bloementape (caoutchouc).

OP DRAAD ZETTEN
MET DUBBELE POOT

Dit gebeurt op dezelfde manier als bij het op draad zetten met een enkele poot, maar de stengel wordt nu met twee evenlange stukken ijzerdraad verlengd.

1 Houd de bloem of de bladeren tussen de duim en wijsvinger van één hand, terwijl u het gewicht van het plantenmateriaal (dat wil zeggen de bloemhoofdjes) op de bovenkant van uw hand legt. Leg een ijzerdraadje met de gewenste dikte en lengte achter de stengel, ongeveer eenderde van de onderkant van de steel af gezien. Eenderde van het ijzerdraadje moet nu aan één kant van de stengel liggen en tweederde aan de andere kant. Buig het ijzerdraadje evenwijdig aan de stengel. De ene poot moet nu tweemaal zo lang zijn als de andere.

Houd de korte poot tegen de stengel en wikkel de langste poot om de stengel en het andere stuk ijzerdraad heen om ze vast te zetten. Buig beide poten recht. Ze moeten nu allebei dezelfde lengte hebben.

BLOEMHOOFDJES 'ONTHOOFDEN'

Bloemhoofdjes 'onthoofden' is de werkwijze waarbij kleine bloemhoofdjes van een hoofdstengel worden verwijderd om afzonderlijk van ijzerdraad te worden voorzien. Deze methode kan gebruikt worden voor ingewikkeld werk met kleine, fijne plantenmaterialen.

1 Buig een dun zilverkleurig ijzerdraadje tot het de vorm van een haarpin heeft en draai het bij de bocht, zodat er boven de twee uitstekende poten een kleine lus wordt gevormd.

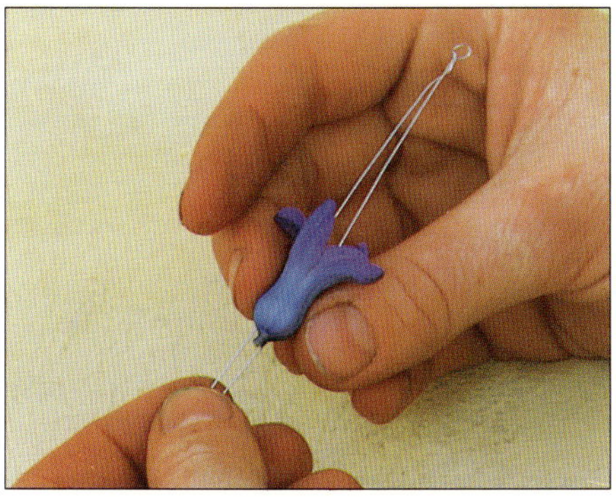

2 Duw de poten door het midden van de bloem, door de onderkant heen en aan de onderkant naar buiten, zodat er een stengel ontstaat.

3 Gebruik nog meer zilverkleurig ijzerdraad en geef deze stengel een dubbele poot met natuurlijk stengelmateriaal.

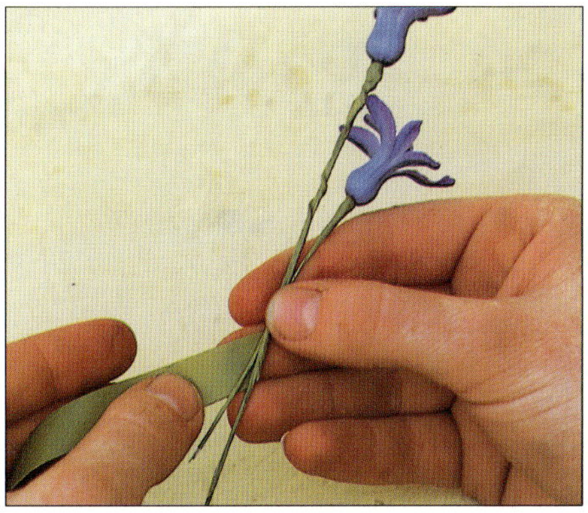

EENHEDEN

Een eenheid is een samengestelde stengel die gevormd wordt door twee of meer stukken plantenmateriaal. Eenheden van kleine bloemen kunnen gebruikt worden voor corsages en versieringen voor haarkammen. Eenheden van grotere bloemen kan men in bruidsboeketten verwerken. Eenheden moeten gemaakt worden van maar één soort materiaal. Voor kleine eenheden moet u eerst de bloemhoofdjes, knoppen of bladeren afzonderlijk met ijzerdraad en bloementape omwikkelen.

1 Begin met het kleinste plantenmateriaal en maak het vast aan een iets groter bloemhoofdje door de ijzerdraadjes van beide aan elkaar te binden. Leg het grotere bloempje op één lijn met de onderkant van het eerste bloempje. Laat de afmetingen van de bloempjes steeds groter worden naarmate u verder naar beneden toe werkt.

Voor eenheden van grotere bloemen moet u de stengels van ijzerdraad misschien samenvoegen door ze een dubbele poot te geven met ijzerdraad van de juiste dikte, voordat u ze met bloementape gaat omwikkelen.

EEN STENGEL VERLENGEN

Bloemhoofdjes met korte stelen en bloemen die heel teer zijn, hebben misschien de extra steun van een verlengde steel nodig. Er zijn twee manieren om een stengel te verlengen.

1 Zet het bloemhoofdje op de juiste manier op draad met ijzerdraad van de juiste dikte. Geef het bloemhoofdje vervolgens een enkele poot met ijzerdraad van 0,7 mm en omwikkel de ijzerdraadjes en het natuurlijke stengelmateriaal met bloementape (caoutchouc).

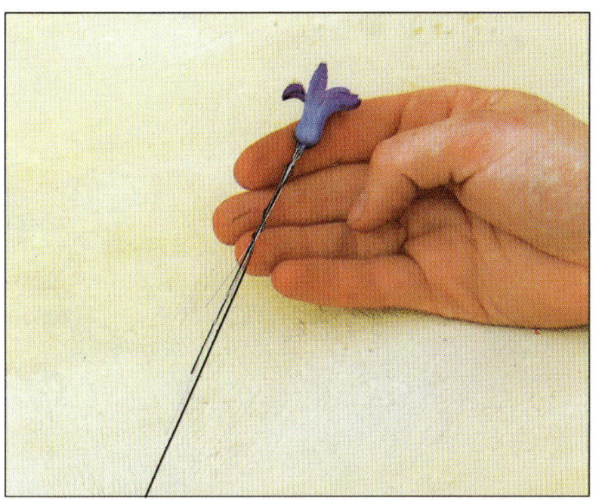

Een alternatief is een stuk ijzerdraad met een dikte van 0,7 mm van onderaf in de onderkant van het bloemhoofdje te duwen en vervolgens loodrecht daarop een zilverkleurig ijzerdraadje met een dikte van 0,4 mm van de ene zijkant naar de andere te steken.

Buig het zilverkleurige ijzerdraad zó om, dat de twee uiteinden naar beneden wijzen, evenwijdig aan het stuk ijzerdraad van 0,7 mm. Wikkel de ene poot van 0,4 mm stevig om de andere poot en het ijzerdraadje van 0,7 mm. Bedek alle ijzerdraadjes met bloementape (caoutchouc).

EEN OPEN BLOEMHOOFDJE OP DRAAD ZETTEN

Dit is een techniek voor het op draad zetten van de afzonderlijke hoofdjes van een lelie, amaryllis of tulp en hij is ook geschikt voor kleine, zachte bloemen of bloemen met holle stengels, bijvoorbeeld anemonen en boterbloemen.

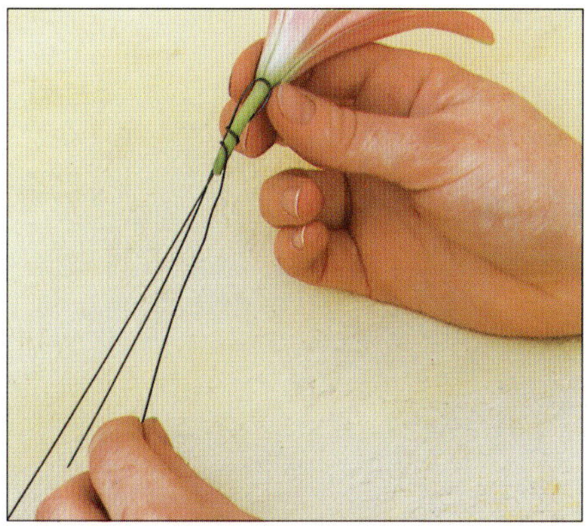

1 Snijd de steel van de bloem op een lengte van ongeveer 4 cm af. Duw een stuk ijzerdraad met een dikte van 0,7 mm door het binnenste van de stengel naar boven tot in de onderkant van het bloemhoofdje. Geef de stengel en de draad die zich binnenin bevindt een dubbele poot met ijzerdraad van 0,7 mm. Doe caoutchouc om de stengel en het ijzerdraad heen. Het ijzerdraad binnenin de stengel zal de natuurlijke stengel van de bloem verstevigen en de dubbele poot zorgt ervoor dat het gewicht van het bloemhoofdje voldoende steun krijgt.

EEN ROZENHOOFDJE OP DRAAD ZETTEN

Rozen hebben betrekkelijk dikke, houtachtige stengels, dus om ze geschikt te maken voor gebruik in ingewikkeld werk, zoals corsages en bloemenkransen, moet de natuurlijke stengel vervangen worden door een stengel van ijzerdraad.

1 Snijd de stengel van de roos op een lengte van ongeveer 3 cm af. Duw het ene uiteinde van een stuk ijzerdraad van 0,7 mm door de zaaddoos aan de zijkant van de roos. Houd de roos zelf voorzichtig in één hand (want hij is heel kwetsbaar), wikkel het ijzerdraad verschillende malen stevig om de stengel heen naar beneden toe. Buig het overgebleven ijzerdraadje recht om de natuurlijke stengel te verlengen. Bedek het ijzerdraad en de stengel met bloementape (caoutchouc).

GROENTEN EN FRUIT OP DRAAD ZETTEN

Wanneer u groenten en fruit in slingers, kransen en guirlandes wilt gebruiken, of ze in bloemstukken met steekschuim wilt vastzetten, moet u ze eerst van ijzerdraad voorzien. De methode hangt af van het voorwerp in kwestie en hoe het gebruikt gaat worden.

Zware groenten en vruchten, bijvoorbeeld sinaasappels, citroenen of knoflookbolletjes hebben een zware kwaliteit ijzerdraad nodig met een dikte van 0,7 mm of zelfs van 0,9 mm. Het ijzerdraad moet door het voorwerp in kwestie heen gestoken worden, net boven de

onderkant, van de ene naar de andere kant. Duw dwars daarop een tweede stuk ijzerdraad door het voorwerp heen en buig alle vier de uitstekende stukken ijzerdraad naar beneden.

1 Afhankelijk van hoe de groenten of het fruit gebruikt zullen worden, kunt u de ijzerdraadjes op een geschikte lengte afknippen om ze in steekschuim te kunnen steken of u kunt de ijzerdraadjes in elkaar draaien, zodat ze één enkele stengel vormen.

2 Kleine, zachte groenten en vruchten zoals champignons of vijgen moeten voorzichtig worden gehanteerd, omdat het vruchtvlees ervan gemakkelijk beschadigd kan worden. Ze hebben normaal gesproken maar één stuk ijzerdraad nodig. Steek het ijzerdraad door de onderkant van het voorwerp in kwestie, van de ene zijkant naar de andere en buig de twee uitstekende ijzerdraadjes naar beneden. Afhankelijk van hoe het materiaal

Geconserveerde (gedroogde) appelschijfjes moeten voorzichtig behandeld worden bij het op draad zetten.

gebruikt gaat worden, kunt u de ijzerdraadjes in elkaar draaien, zodat ze één enkele stengel vormen, of ze afknippen om ze in het steekschuim te kunnen zetten.

Voor de zachte materialen is ijzerdraad met een dikte van 0,7 mm de dikste soort die u nodig hebt. In sommige gevallen kunnen de groenten en vruchten in een schikking worden vastgemaakt of bevestigd door een lange 'haarpin' van ijzerdraad dwars door het voorwerp in kwestie heen te duwen en in het steekschuim te steken dat zich erachter bevindt.

3 Groenten en vruchten die een steel hebben, zoals een tros druiven of artisjokken, kunt u een dubbele poot aan hun stelen geven met ijzerdraad van de juiste dikte.

Verleng een zeester door een dubbele poot aan een van de sterpunten te maken.

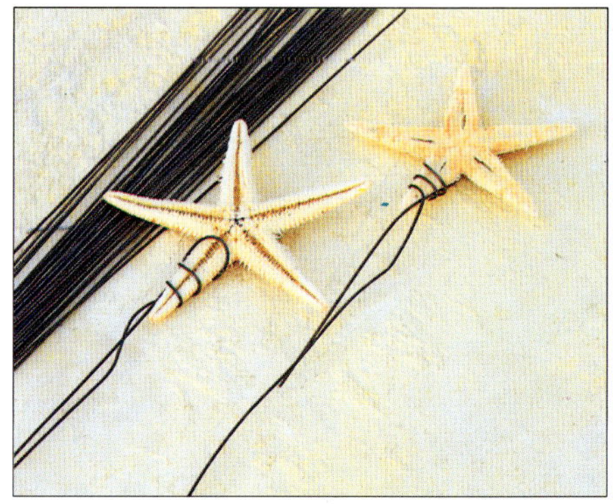

GROENTEN EN FRUIT IN BLOEMSTUKKEN

De kleur en de weefselstructuur van groenten en fruit kan zorgen voor harmonie of contrast om een bloemschikking meer nadruk te geven. De scherpe kleuren van citrusvruchten en de herfsttinten van appels en peren staan allemaal ter beschikking van de bloemschikker.

Sommige vruchten zoals granaatappels, passievruchten en bloedsinaasappels zijn vooral aantrekkelijk wanneer ze doormidden zijn gesneden, zodat het vruchtvlees zichtbaar wordt.

De krachtige vormen van groenten en fruit lenen zich prima voor bloemstukken zoals deze muurslinger (hierboven) en de opmerkelijke obelisk (rechts). Zet de materialen zorgvuldig op draad zodat ze op hun plaats blijven.

Maar bedenk wel dat opengesneden vruchten snel bederven, dus gebruik ze alleen voor bloemstukken die maar kort blijven staan bij speciale gelegenheden, feesten of etentjes.

Groenten lijken misschien een verrassende keus om in een bloemschikking te gebruiken, maar de geraffineerde kleuren en weefselstructuren kunnen in combinatie met bloemen een prachtig effect geven. Paarse artisjokken, bijna zwarte aubergines (eierplanten), roze en witte knoflookbolletjes en helderrode radijsjes kunnen aan allerlei verschillende bloemschikkingen diepte, inhoud en een middelpunt geven.

Gedroogde citroenschijfjes zien er prachtig uit en zullen een enigszins pittige geur behouden.

EEN HANDVAT VAN IJZERDRAAD MET LINT OMWIKKELEN

Om het dragen van een met ijzerdraad omwikkeld boeket te veraangenamen, kunnen de stengels tot een handvat worden gevormd.

1 Om er zeker van te zijn dat het handvat de juiste lengte heeft, moet u het zó afknippen dat het ongeveer 1,5 cm langer is dan de diagonaal van uw handpalm. Bedek het handvat van ijzerdraad met caoutchouc. Houd het boeket in één hand, houd met uw duim een stuk lint van 2,5 cm breed tegen het bindpunt van het boeket aan en laat daarbij ongeveer 10 cm lint over uw duim hangen.

Haal het lange uiteinde van het lint over het handvat heen naar beneden, onder de onderkant van de steel door en weer terug naar boven tot ongeveer halverwege aan de andere kant. Houd het daar op zijn plaats met de pink van uw hand en zorg ervoor dat uw duim intussen stevig op zijn plaats blijft op het bindpunt.

2 Wikkel het lint terug over zichzelf heen, om het handvat heen naar beneden tot onderaan. Wikkel het lint vervolgens terug over het handvat naar boven, waardoor u zowel het lint dat al op zijn plaats zat als de caoutchouc aan het handvat bedekt.

3 Neem het lange uiteinde van het lint en de 10 cm extra aan de andere kant in uw handen en leg er op het bindpunt een knoop in. Eindig met een strik en knip de eindjes van het lint af.

EEN BLOEMPOT BEKLEDEN

Als een pot gebruikt gaat worden voor het schikken van verse bloemen is het duidelijk dat hij waterdicht moet zijn. Maar als u uw bloemen in steekschuim schikt kunt u een pot gebruiken die niet waterdicht is, als u hem dan maar met poly-ethyleen of cellofaan bekleed.

1 Knip een stuk cellofaan (plastic inpakpapier) uit dat iets groter is dan de pot en duw het in de pot, maar let erop dat het in alle hoeken komt en dat er geen gaten of scheuren in zitten. Snijd het in water gedrenkte stuk steekschuim met een mes op maat, zodat het in de pot past en stop het in de pot. Knip de bekleding rond de rand van de pot af en zet het steekschuim vast met watervaste tape.

Let op dat er geen water tussen de bekleding en de pot komt en knip de bekleding niet te kort af, omdat het water over de rand geknoeid kan worden en langs de zijkanten naar beneden kan lopen.

STENGELS IN EEN SPIRAAL SCHIKKEN

Een met de hand tot een spiraal gevormd boeket is een uitstekende manier om bloemen als geschenk aan te bieden, omdat ze al geschikt zijn en de ontvanger alleen het touwtje maar door hoeft te knippen en de bloemen in een geschikte vaas hoeft te zetten.

1 Leg alle materialen dicht bij de hand, zodat u de stengels gemakkelijk één voor één op kunt pakken. Houd een stevige stengel met bladeren of bloemen in een hand op ongeveer tweederde van de bovenkant. Bouw het boeket op door steeds één steel van uw materiaal per keer toe te voegen, terwijl u de bos in uw hand geleidelijk aan draait, zodat er een spiraal van stengels ontstaat. Als u de stengels in een van te voren geplande steeds terugkerende volgorde toevoegt, dan bent u zeker van een gelijkmatige verdeling van de verschillende bloemsoorten in het hele boeket. Door de positie waarin u de stelen toevoegt af en toe te variëren, is het mogelijk de bos een koepelvorm te geven.

2 Wanneer u klaar bent met de bos bloemen, bind hem dan stevig vast met twijndraad, raffia of lint om het punt waar alle stengels over elkaar heen liggen – het bindpunt.

3 Knip de uiteinden van de stelen zó af, dat ze even lang zijn en denk eraan dat de stelen onder het bindpunt ongeveer eenderde van de totale hoogte van het voltooide boeket moeten innemen.

BLADEREN OP DRAAD ZETTEN

Bladeren op draad zetten is een techniek om een blad op zo'n manier te bedraden dat het in een 'natuurlijk' gebogen positie kan worden gehouden.

1 Houd een blad in één hand met de achterkant ervan naar u toe en steek heel voorzichtig een dun stukje ijzerdraad horizontaal in de middelste nerf en er weer uit. U moet dit misschien eerst oefenen. Buig de poten van het ijzerdraad naar beneden langs de steel, zodat de vorm van een haarpin ontstaat. Houd één poot van het ijzerdraad tegen de steel van het blad en wikkel de andere poot verschillende malen om de steel en het andere stuk ijzerdraad heen. Buig de poten recht en doe er bloementape omheen (caoutchouc).

Onder: U kunt ook heel fijn zilverdraad gebruiken om materiaal aan de rand van een mand te bevestigen.

DE VERZORGING VAN SNIJBLOEMEN

• • •

BLOEMEN VOORBEHANDELEN

Daarmee wordt het proces van het prepareren van bloemen en bladeren bedoeld, voordat ze in een bloemschikking worden gebruikt.

Een paar algemene regels zijn: verwijder alle onderste bladeren, zodat u er zeker van bent dat zich geen zacht materiaal onder het waterpeil bevindt, waar het gaat rotten, bacteriën vormt en de levensduur van de schikking verkort; snijd of knip de uiteinden van de stelen schuin af; daardoor wordt een zo groot mogelijk oppervlak gevormd dat water op kan nemen; en laat tenslotte alle materialen een paar uur in koud water staan om ze zoveel mogelijk water te laten opnemen voordat ze worden gebruikt.

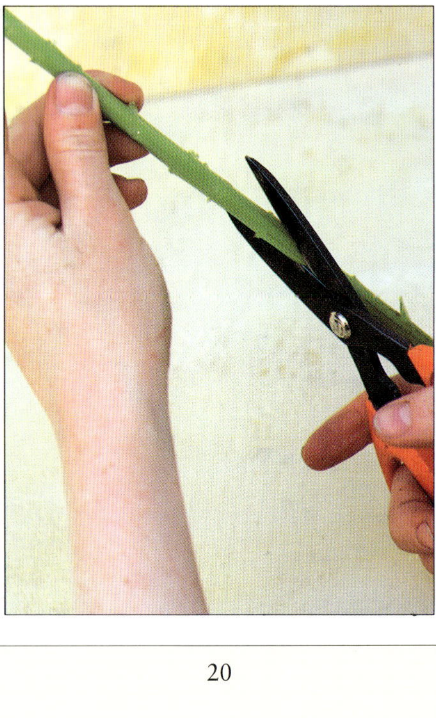

Voor veel soorten bloemen en bladeren is deze behandeling absoluut voldoende; maar voor enkele soorten zijn er een aantal aanvullende manieren om hun levensduur te verlengen.

KOKEND WATER

De houtachtige stengels van de sering, de Gelderse roos en de rododendron, de met sap gevulde stengels van wolfsmelk (euphorbia) en de papaver zullen baat vinden bij de schokbehandeling die hun stengels krijgen wanneer ze in kokend water worden ondergedompeld.

Verwijder alle bladeren onderaan de stelen en ook ongeveer 6 cm schors aan de uiteinden van houtachtige stengels. Snijd de uiteinden van de stelen af in een hoek van 45° en splijt ze, in het geval van houtachtige stelen ongeveer 6 cm van onderaf. Wikkel eventuele bloemhoofdjes in papier om ze tegen de hete stoom te beschermen.

Giet voorzichtig heet water in een hittebestendige bak, tot er ongeveer 6 cm water in staat en dompel de onderkanten van de stengels in het hete water. Laat ze zo twee of drie minuten staan voordat u ze er weer uithaalt en dompel ze nu diep onder in koud water. De hitte van het kokende water zal de lucht uit de stengels hebben verdreven, zodat ze veel meer koud water zullen kunnen opzuigen. Het kokende water zal ook de bacteriën aan het uiteinde van de stengels hebben vernietigd.

Verwelkte rozen kunnen ook weer opgefleurd worden door hun stelen opnieuw af te snijden, ze een behandeling met kokend water te geven en ze (met hun bloemhoofdjes ingepakt) twee uur in koud water te laten staan.

STENGELS DICHTZENGEN

Dichtzengen is een methode om de levensduur te verlengen van planten zoals wolfsmelk (euphorbia) en papavers, die een melkachtige vloeistof bevatten; het vrijkomen van de melkachtige vloeistof beïnvloedt namelijk de kwaliteit van het water.

De rozenstripper (onder) is van onschatbare waarde wanneer u te maken hebt met takken met veel dorens.

De methode houdt in dat men het uiteinde van de stengel boven een vlam houdt tot deze zwart is geblakerd en dat men hem daarna in lauw water zet. Hierdoor wordt een laag houtskool gevormd die het uiteinde van de stengel dichtmaakt en verhindert dat er sap uit komt, maar toch de opname van water mogelijk maakt.

HOLLE STENGELS

Ridderspoor, amaryllis *(zie hierboven)* en lupinen hebben holle stelen en de beste manier om ze te verzorgen is ze ondersteboven te houden en letterlijk met water te vullen.

Om het water in de steel vast te houden, maakt u een propje van watten of een papieren zakdoekje en u sluit er het open uiteinde van de steel voorzichtig mee af. Bind een elastiekje om de onderkant van de steel om te voorkomen dat hij gaat splijten en zet de steel vervolgens in lauw water. Het water dat in de steel opgesloten zit, zal zorgen dat hij stevig blijft en het propje watten zal ertoe bijdragen dat er meer water opgezogen kan worden.

BLADEREN

Over het algemeen zijn de regels voor het verzorgen van bladeren dezelfde als die voor bloemen. Het is van wezenlijk belang de onderste blaadjes te verwijderen en de onderkant van de stengel schuin af te snijden. Afhankelijk van de samenstelling en de grootte van de stengel, zijn er nog andere speciale technieken die heel goed toegepast kunnen worden. Het is ook belangrijk om de bast van de onderste 6 cm van de steel af te schrapen en de steel te splijten, zodat er meer water op-

genomen kan worden en de levensduur van de bladeren op die manier wordt verlengd *(zie onder)*.

STENGELS TER VERSTEVIGING MET PAPIER OMWIKKELEN

Sommige bloemen hebben zachte, buigzame en zwakke stengels en andere zijn misschien wat verwelkt. Om dit soort materiaal meer stevigheid te geven: neem een stel bloemen en wikkel driekwart van hun stelen (van bovenaf gemeten) bij elkaar in een stuk papier om ze rechtop te houden, laat ze vervolgens ongeveer twee uur in een diepe vaas koud water staan *(zie boven)*. De cellen binnen in de stelen zullen zich met water vullen en in staat zijn om vanzelf rechtop te blijven staan wanneer het papier wordt verwijderd.

ETHYLEEN

Ethyleen is een reukloos gas dat vrijkomt door bv. afval (vuilnis), uitlaatgassen, schimmels en rijpend fruit. Als gevolg hiervan zijn sommige bloemen veel sneller volgroeid, wat dan weer tot gevolg heeft dat de knoppen niet opengaan en afvallen. Let erop wanneer u fruit in een bloemschikking gebruikt *(zie onder)*.

VERKRIJGBAARHEID PER MAAND

• • •

Op deze lijst wordt de verkrijgbaarheid van de bloemen op de Nederlandse markt aangegeven. Omdat de productie van afzonderlijke soorten zich ontwikkelt, is deze informatie aan veranderingen onderhevig.

❀❀❀ ***makkelijk*** ❀❀ ***redelijk*** ❀ ***beperkt verkrijgbaar***

BLOEMENSOORT	JAN	FEB	MRT	APR	MEI	JUN	JUL	AUG	SEP	OKT	NOV	DEC	BIJZONDERHEDEN
Achillea (duizendblad)			❀	❀	❀			❀❀❀	❀❀❀				*Sommige soorten alleen in de lente verkrijgbaar*
Aconitum (monnikskap)					❀			❀❀❀	❀❀❀				
Agapanthus (tuberoos)	❀	❀						❀❀❀	❀❀❀	❀	❀	❀	*Sommige soorten in de winter redelijk goed verkrijgbaar*
Ageratum		❀			❀			❀❀❀	❀❀❀	❀❀❀	❀❀❀		
Alchemilla (vrouwenmantel)					❀			❀❀❀	❀❀❀				
Allium (look)							❀	❀					
Alstroemeria	❀❀❀	❀❀	❀❀	❀❀❀	❀❀❀	❀❀❀	❀❀❀	❀❀❀	❀❀❀	❀❀❀	❀❀❀	❀❀❀	*Sommige soorten in het begin van de lente beperkt verkrijgbaar*
Amarant (rood en groen)	❀❀						❀❀	❀❀❀	❀❀❀	❀❀❀	❀❀❀	❀❀❀	
Amaryllus (Belladonna)	❀❀							❀❀	❀❀	❀❀❀	❀❀❀	❀❀❀	
Amni majus (akkerscherm)	❀❀❀	❀❀❀	❀❀❀	❀❀❀	❀❀❀	❀❀❀	❀❀❀	❀❀	❀❀	❀❀❀	❀❀❀	❀❀❀	
Anemonen	❀❀❀	❀❀❀	❀❀❀	❀❀❀	❀❀❀	❀❀❀	❀❀❀			❀❀❀	❀❀❀	❀❀❀	
Anethum graveolens (dille)	❀❀				❀❀		❀❀	❀❀❀	❀❀❀	❀❀❀	❀❀❀		
Anigozanthus	❀❀	❀❀	❀❀	❀	❀❀❀	❀❀❀	❀❀❀	❀❀❀	❀❀	❀❀	❀❀	❀❀	*Sommige soorten midden in de lente niet verkrijgbaar*
Anthuriums	❀❀❀	❀❀❀	❀❀❀	❀❀❀	❀❀❀	❀❀❀	❀❀❀	❀❀❀	❀❀❀	❀❀❀	❀❀❀	❀❀❀	*De meeste kleuren het hele jaar door verkrijgbaar*
Antirrhinum majus (leeuwenbek)	❀❀❀	❀❀❀	❀❀❀	❀❀❀	❀❀❀	❀❀❀	❀❀❀	❀❀❀	❀❀❀	❀❀❀	❀❀❀	❀❀❀	*De meeste kleuren in het begin van de lente niet verkrijgbaar*
Asclepias (zijdeplant)	❀❀	❀❀	❀❀❀	❀❀❀	❀❀❀	❀❀❀	❀❀❀	❀❀❀	❀❀❀	❀❀❀	❀❀❀	❀❀	*A. incarnata alleen in het begin van de lente verkrijgbaar*
Asters	❀❀	❀❀❀	❀❀	❀❀	❀❀	❀❀❀	❀❀❀	❀❀❀	❀❀❀	❀❀❀	❀❀❀	❀❀❀	*Sommige soorten alleen aan het eind van de herfst verkrijgbaar*
Astilbe	❀❀❀	❀❀❀				❀❀❀	❀❀❀	❀❀❀	❀❀❀	❀❀❀	❀❀❀	❀❀❀	*A. 'Washington' alleen verkrijgbaar aan het eind van de lente*
Astrantia					❀	❀	❀	❀❀❀	❀❀❀	❀❀❀	❀❀❀	❀❀❀	
Atriplex (melde)								❀	❀	❀	❀		
Bouvardia	❀❀	❀❀❀	❀❀❀	❀❀❀	❀❀❀	❀❀			❀❀	❀❀	❀❀	❀❀	*B. longiflorum niet verkrijgbaar in de lente*
Bupleurum griffithii	❀❀❀	❀❀❀	❀❀❀	❀❀❀	❀❀❀	❀❀❀	❀❀❀	❀❀❀	❀❀❀	❀❀❀	❀❀❀	❀❀❀	
Callistephus (Chinese aster)	❀❀❀	❀❀❀	❀	❀❀❀	❀❀❀	❀❀❀	❀❀❀	❀❀❀	❀❀❀	❀❀❀	❀❀❀	❀❀❀	
Campanula (klokjes)			❀	❀	❀				❀❀❀	❀❀❀	❀❀❀	❀❀❀	
Carthamus (saffloer)					❀❀❀	❀❀❀	❀❀❀						
Celosia	❀❀	❀❀						❀❀	❀❀❀	❀❀❀	❀❀❀	❀❀❀	
Centaurea cyanus (korenbloem)								❀❀❀	❀❀❀	❀❀❀	❀❀❀		
Centaurea macrocephala								❀	❀				
Chamelaucium		❀❀	❀❀	❀❀	❀❀								
Chelone obliqua								❀❀❀	❀❀❀	❀❀❀	❀❀❀	❀❀❀	
Chrysantemum 'Santini'					❀❀	❀❀			❀❀❀	❀❀❀	❀❀❀		
Chrysantemum indicum (chrysant)	❀❀❀	❀❀❀	❀❀❀	❀❀❀	❀❀❀	❀❀❀	❀❀❀	❀❀❀	❀❀❀	❀❀❀	❀❀❀	❀❀❀	
Cirsium (vederdistel)	❀❀❀	❀❀❀	❀❀❀	❀❀❀	❀❀❀	❀❀❀	❀❀❀	❀❀❀	❀❀❀	❀❀❀	❀❀❀	❀❀❀	
Convallaria majestis (lelietje-van-dalen)		❀❀	❀❀		❀❀	❀❀❀	❀❀❀	❀❀❀	❀❀❀	❀❀❀	❀❀❀	❀❀	
Crocosmia (montbretia)	❀❀❀	❀❀❀	❀❀❀	❀❀❀	❀❀❀							❀❀❀	
Cyclamen	❀❀❀	❀❀❀	❀❀❀	❀❀❀	❀❀❀	❀❀❀	❀❀❀	❀❀❀		❀❀❀	❀❀❀	❀❀❀	
Cymbidium-orchideeën									❀❀❀	❀❀❀	❀❀❀	❀❀❀	
Dahlia's	❀❀❀	❀❀❀	❀❀❀	❀❀❀	❀❀❀	❀❀❀	❀❀❀	❀❀❀	❀❀❀	❀❀❀	❀❀❀	❀❀❀	
Delphinium (ridderspoor)	❀❀	❀❀	❀❀	❀❀	❀❀	❀❀❀	❀❀❀	❀❀❀	❀❀❀	❀❀❀	❀❀❀	❀❀	
Delphinium ajacis (tuinridderspoor)	❀❀❀	❀❀❀	❀❀❀	❀❀❀	❀❀❀	❀❀❀	❀❀❀	❀❀❀	❀❀❀	❀❀❀	❀❀❀	❀❀❀	
Dendrobium-orchideeën	❀❀❀	❀❀❀	❀❀❀	❀❀❀	❀❀❀	❀❀❀	❀❀❀	❀❀❀	❀❀❀	❀❀❀	❀❀❀	❀❀❀	
Dianthus barbatus (duizenschoon)	❀❀❀	❀❀❀	❀❀❀	❀❀❀	❀❀❀	❀❀❀	❀❀❀	❀❀❀	❀❀❀	❀❀❀	❀❀❀	❀❀❀	
Dianthus (standaardcorsage)						❀❀❀	❀❀❀	❀❀❀	❀❀❀	❀	❀		
Dianthus (trosanjer)								❀❀❀	❀❀❀	❀❀❀	❀❀❀		
Echinops (kogeldistel)	❀❀❀	❀❀❀	❀❀❀							❀❀❀	❀❀❀	❀❀❀	
Eremurus stenophyllus	❀❀❀	❀❀❀				❀❀❀	❀❀❀	❀❀❀	❀❀❀	❀❀❀	❀❀❀	❀❀❀	
Eryngium (kruisdistel)			❀❀❀	❀❀❀	❀❀❀	❀❀❀							
Eupatorium (leverkruid)	❀❀❀	❀❀❀	❀❀❀	❀❀❀	❀❀❀	❀❀❀	❀❀❀	❀❀❀	❀❀❀	❀❀❀	❀❀❀	❀❀❀	
Euphorbia fulgens (wolfsmelk)	❀❀❀	❀❀❀	❀❀❀	❀❀❀	❀❀❀	❀❀❀	❀❀❀	❀❀❀	❀❀❀	❀❀❀	❀❀❀	❀❀❀	
Eustoma russellianum	❀	❀	❀	❀	❀❀❀	❀❀❀	❀❀❀	❀❀❀	❀❀	❀❀	❀❀	❀	
Forsythia intermedia								❀❀❀	❀❀❀	❀❀❀	❀❀❀	❀❀❀	
Fresia	❀❀❀			❀❀❀	❀❀❀	❀❀❀	❀❀❀	❀❀❀	❀❀❀	❀❀❀	❀❀❀	❀❀❀	
Gerbera	❀❀❀	❀❀❀	❀❀❀	❀❀❀	❀❀❀	❀❀❀	❀❀❀	❀❀❀	❀❀❀	❀❀❀	❀❀❀	❀❀❀	
Gladiolus								❀❀❀	❀❀❀	❀❀❀	❀❀❀	❀❀❀	

BLOEMENSOORT	JAN	FEB	MRT	APR	MEI	JUN	JUL	AUG	SEP	OKT	NOV	DEC	BIJZONDERHEDEN
Glorioso rothschildiana	❀❀❀	❀❀❀	❀❀❀	❀❀❀	❀❀❀	❀❀❀	❀❀	❀❀	❀❀	❀❀	❀❀❀	❀❀❀	
Godetia	❀❀❀	❀❀❀	❀❀❀	❀❀❀	❀❀❀	❀❀❀	❀❀❀			❀❀❀	❀❀❀	❀❀❀	
Gomphrena (kogelamarant)	❀❀	❀❀	❀❀	❀❀	❀❀	❀❀	❀❀	❀❀❀	❀❀❀	❀❀❀	❀❀❀	❀❀❀	
Gypsophila (gipskruid)	❀❀	❀❀						❀❀	❀❀❀	❀❀❀	❀❀❀	❀❀❀	
Helenium (lintbloem)	❀❀❀	❀❀❀	❀❀❀	❀❀❀	❀❀❀	❀❀❀	❀❀❀	❀❀❀	❀❀❀	❀❀❀	❀❀❀	❀❀❀	
Helianthus (zonnebloem)					❀	❀							
Heliconia		❀❀	❀❀❀	❀❀❀	❀❀❀	❀❀❀	❀❀						
Hippeastrum						❀❀	❀❀	❀❀	❀	❀	❀	❀❀	
Hyacinten	❀❀❀	❀❀❀	❀❀❀	❀❀❀	❀❀❀	❀❀❀	❀❀❀	❀❀❀	❀❀❀	❀❀❀	❀❀❀	❀❀❀	
Hydrangea	❀❀❀	❀❀❀	❀❀❀	❀❀❀	❀❀❀	❀❀						❀❀❀	
Hypericum (hertshooi)	❀❀❀	❀❀❀	❀❀❀	❀❀❀	❀❀❀	❀❀❀	❀❀❀	❀❀❀	❀❀❀	❀❀❀	❀❀❀	❀❀❀	
Irissen	❀❀❀	❀❀❀	❀❀	❀❀❀	❀❀❀	❀❀❀	❀❀❀	❀❀❀	❀❀❀	❀❀❀	❀❀❀	❀❀❀	
Ixia		❀❀❀	❀❀❀	❀❀❀	❀❀❀	❀❀❀	❀❀❀	❀❀❀	❀❀❀	❀❀❀	❀❀❀	❀❀❀	
Kniphofia (vuurpijl)	❀❀	❀❀							❀❀❀	❀❀❀	❀❀	❀❀	
Lathyrus (pronkerwt)	❀❀❀	❀❀❀	❀❀❀	❀❀❀	❀❀❀	❀❀❀	❀❀❀	❀❀❀	❀❀❀	❀❀❀		❀❀❀	
Leucanthemum (margriet)								❀❀❀	❀❀❀	❀❀❀	❀❀❀	❀❀❀	
Liatris									❀❀❀	❀❀❀	❀❀❀		
Lilium (lelie)	❀❀	❀❀					❀❀	❀❀	❀❀❀	❀❀❀	❀❀❀	❀❀❀	
Limonium (lamsoor)	❀❀❀	❀❀❀	❀❀❀	❀❀❀	❀❀❀	❀❀❀	❀❀❀	❀❀❀	❀❀❀	❀❀❀	❀❀❀	❀❀❀	
Lysimachia clethroides						❀❀❀	❀❀❀	❀❀❀					
Lysimachia vulgaris (wederik)	❀❀❀	❀❀❀	❀	❀❀❀	❀❀❀	❀❀❀	❀❀❀	❀❀❀	❀❀❀	❀❀❀	❀❀❀	❀❀❀	
Matthiola incana (violieren)	❀❀	❀❀	❀❀	❀❀	❀❀❀	❀❀❀	❀❀❀	❀❀❀	❀❀	❀❀	❀❀	❀❀	*Een witte variëteit het hele jaar door verkrijgbaar*
Mentha (bloeiende munt)	❀❀	❀❀❀	❀❀❀	❀❀❀	❀❀❀	❀❀❀	❀❀					❀❀	
Molucella laevis (Ierse klokjes)		❀❀❀	❀❀❀	❀❀❀	❀❀❀	❀❀❀							
Muscari (druifhyacint)	❀❀❀	❀❀❀	❀❀❀	❀❀❀	❀❀❀	❀❀❀	❀❀❀	❀❀❀	❀❀❀	❀❀❀	❀❀❀	❀❀❀	
Narcissen	❀	❀	❀❀❀	❀❀❀	❀❀❀	❀❀❀	❀❀❀	❀❀❀	❀	❀	❀	❀	
Nerine								❀❀❀					
Oenothera	❀❀❀	❀❀❀	❀❀❀	❀❀❀	❀❀❀	❀❀❀	❀❀❀	❀❀❀	❀❀❀	❀❀❀	❀❀❀	❀❀❀	
Oncidium	❀❀	❀❀	❀❀❀	❀❀❀	❀❀❀	❀❀❀	❀❀	❀❀	❀❀	❀❀	❀❀	❀❀❀	
Origanum (oregano)													
Ornithogalum arabicum (Arabische vogelmelk)	❀❀❀	❀❀❀	❀❀❀	❀❀❀	❀❀❀	❀❀❀		❀❀❀	❀❀❀	❀❀❀		❀❀❀	
Ornithogalum thyrsoides	❀❀❀	❀❀❀	❀❀❀	❀❀		❀❀	❀❀	❀❀	❀❀	❀❀	❀❀❀	❀❀❀	
(zuidenwindlelie)	❀❀❀	❀❀❀					❀❀❀	❀❀❀	❀❀❀	❀❀❀	❀❀❀	❀❀❀	
Papaver (papaverbollen)								❀❀❀	❀❀❀	❀❀❀	❀❀❀	❀❀❀	
Paphiopedilum (orchideeën)	❀❀❀	❀❀❀	❀❀❀	❀❀❀	❀❀❀	❀❀❀	❀❀❀	❀❀❀	❀❀❀	❀❀❀	❀❀❀	❀❀❀	
Phalaenopsis (orchideeën)	❀❀❀	❀❀❀	❀❀❀	❀❀❀	❀❀❀	❀❀❀	❀❀❀	❀❀❀	❀❀❀	❀❀❀	❀❀❀	❀❀❀	
Phlox (flox, vlambloem)								❀	❀	❀	❀		
Physostegia (scharnierbloem)						❀❀❀	❀❀❀	❀❀❀					
Pioenen			❀	❀	❀❀	❀❀	❀❀❀	❀❀❀					
Protea	❀❀❀	❀❀❀	❀❀❀			❀❀						❀❀❀	
Prunus (kersenbloesem)	❀❀	❀❀❀	❀❀❀	❀❀❀	❀❀❀	❀❀							
Ranunculus (Boterbloem)		❀❀	❀❀	❀❀❀	❀❀❀	❀❀❀	❀❀❀						
Rozen	❀❀❀	❀❀❀	❀❀❀	❀❀❀	❀❀❀	❀❀❀	❀❀❀	❀❀❀	❀❀❀	❀❀❀	❀❀❀	❀❀❀	
Saponaria (zeepkruid)	❀❀	❀❀	❀❀	❀❀			❀❀	❀❀❀	❀❀❀	❀❀❀	❀❀❀	❀❀❀	
Scabiosa								❀❀❀	❀❀❀	❀❀❀	❀❀❀		
Scilla (wilde hyacint)									❀❀❀	❀❀❀	❀❀❀	❀❀❀	
Sedum spectabile (vetkruid)								❀❀❀	❀❀❀	❀❀❀	❀❀❀		
Solidago (guldenroede)			❀❀❀	❀❀❀	❀❀❀								
Strelitzia (vogelkopbloem)	❀❀❀	❀❀❀	❀❀❀	❀❀❀	❀❀❀	❀❀❀	❀❀❀	❀❀❀	❀❀❀	❀❀❀	❀❀❀	❀❀❀	
Symphoricarpos (sneeuwbes)	❀❀❀	❀❀❀	❀❀❀	❀❀❀	❀❀❀	❀❀❀	❀❀❀	❀❀❀	❀❀❀	❀❀❀	❀❀❀	❀❀❀	
Syringa (sering)	❀❀❀	❀❀❀	❀❀❀	❀❀❀	❀❀❀	❀❀❀	❀❀❀	❀❀❀	❀❀❀	❀❀❀	❀❀❀	❀❀❀	
Tanacetum (boerenwormkruid)									❀❀❀	❀❀❀	❀❀❀	❀❀❀	
Trachelium (halskruid)	❀❀❀	❀❀❀	❀❀❀	❀❀❀	❀❀❀	❀❀❀	❀❀❀	❀❀❀	❀❀❀	❀❀❀	❀❀❀	❀❀❀	*Witte Trachelium aan het begin van de lente niet verkrijgbaar*
Triteleia (Brodiaea)						❀❀❀	❀❀❀	❀❀❀	❀❀❀	❀❀❀	❀❀❀	❀❀	
Tulpen	❀❀❀	❀❀❀	❀❀❀	❀❀❀	❀❀❀	❀❀❀	❀❀❀	❀❀❀	❀❀❀	❀❀❀	❀❀❀	❀❀❀	
Veronica (ereprijs)						❀❀❀	❀❀❀	❀❀❀	❀❀❀	❀❀❀	❀❀❀		
Viburnum opulus (Gelderse roos)	❀❀	❀❀	❀❀❀	❀❀❀	❀❀❀	❀❀❀	❀❀					❀❀	
Zantedeschia (aronskelk)	❀❀❀	❀❀❀	❀❀❀	❀❀❀	❀❀❀	❀❀❀	❀❀❀	❀❀❀	❀❀❀	❀❀❀	❀❀❀	❀❀❀	
Zantedeschia aethiopica (witte aronskelk)	❀❀	❀❀	❀❀❀	❀❀❀	❀❀❀	❀❀❀	❀❀	❀❀					
Zinnia								❀❀❀	❀❀❀	❀❀			

ARRANGEMENT VAN TULPEN

• • •

BENODIGDHEDEN

. . .

50 tulpen 'Angelique'

. . .

een schaar

. . .

een waterdichte bak, b.v. een kleine emmer

. . .

een mand

Het arrangement is technisch gesproken betrekkelijk ongestructureerd, maar door de steeds terugkerende, regelmatige vorm van de tulpenhoofdjes is het algehele visuele effect dat van een koepelvorm van bloemen die van alle kanten gezien mag worden.

Soms kan een simpel arrangement dat volledig op één soort bloemen steunt te midden van zijn eigen bladeren, van een adembenemende schoonheid zijn. Deze bloemschikking bestaat uit niets anders dan een magnifieke overvloed van 'Angelique' tulpen met hun zachtroze kleur, die in elke kamer een indrukwekkende blikvanger zullen vormen.

1 Haal de onderste blaadjes van de tulpen om te voorkomen dat ze in het water gaan rotten. Vul de emmer met water en zet hem in de mand.

2 Knip elke tulpensteel op de juiste lengte af en zet de stelen in het water. Begin met het schikken vanaf de buitenste cirkelomtrek en dan naar boven toe.

3 Ga verder met het schikken van de tulpen in de richting van het midden van de schikking, tot een volle en gelijkmatige koepelvorm is ontstaan. De schikking moet van alle kanten bekeken kunnen worden.

EEN BLAUW EN EEN WIT BLOEMENTUILTJE

• • •

Kleine, met de hand gebonden, in een spiraal geschikte boeketjes zijn uitstekende geschenken en, in de juiste vaas, ideale versieringen voor op kleine tafeltjes. Allebei deze bloemschikkingen hebben tere bloemen die dicht op elkaar gegroepeerd zijn. In de ene nemen de Japanse anemonen een belangrijke plaats in en ze komen extra goed uit door de bramen aan hun steeltjes; in de andere bloemschikking is ridderspoor het belangrijkste element, ondersteund door stelen met rozenbottels.

1 Begin met een centrale bloem en voeg er stelen met bladeren en bloemen aan toe, terwijl u het boeketje in uw hand ronddraait om het ontwerp tot een spiraal op te bouwen.

2 Als alle materialen zijn gebruikt en de bos klaar is, bind hem dan met twijndraad stevig vast op het bindpunt. Herhaal de stappen 1 en 2 voor het tweede bloementuiltje.

3 Knip de uiteinden van de bloemstelen af met een schaar om een nette rand te krijgen. Werk beide bloementuiltjes af met een strik van lint.

BENODIGDHEDEN

...

TUILTJE 1 (links)

...

bramen op steeltjes

...

witte Japanse anemonen

...

1 steel dracaena

...

twijndraad

...

lint

...

een schaar

...

TUILTJE 2 (rechts)

...

4 à 5 stelen ridderspoor 'Blue Butterfly'

...

3 stelen rozenbottels

...

5 kleine bladeren van de wilde wingerd

...

twijndraad

...

lint

...

een schaar

Hoewel de bloemen dicht op elkaar gegroepeerd worden voor het beste resultaat, hebben ze relatief grote, maar fragiele bloempjes, dus pas op dat u hun bloemblaadjes niet beschadigt en bind de boeketjes stevig, maar voorzichtig bijeen.

ARRANGEMENT MET BEDWELMENDE GEUREN

• • •

BENODIGDHEDEN

...

Een blok steekschuim

...

cellofaan (plastic inpakpapier)

...

houten tuinmandje

...

een schaar

...

20 stelen Japanse liguster

...

10 stelen tuberoos

...

10 crèmekleurige violieren

...

20 fresia's

...

20 stelen mimosa

Mimosa heeft een stevige hoofdstengel met ranke zijtakken. Als u een meer buigzaam boeket wilt hebben, haal de zijtakken dan van de hoofdstengel en gooi de hoofdstengel weg.

De bloemen die in deze schikking zijn gebruikt, zijn uitgekozen vanwege hun heerlijke en uitgesproken geuren die goed samengaan, een bedwelmende geur afgeven en gegarandeerd die mensen tot zwijgen brengen, die beweren dat voor de handel gekweekte bloemen niet zoveel geurigheid bezitten als hun soortgenoten die in de tuin groeien. Het is een ideale bloemschikking voor een hal of huiskamer, daar komt de geur het best tot zijn recht.

De contouren van de schikking worden bepaald door de Japanse liguster en versterkt door de wasbleke tuberoos en de violieren met hun zachte blaadjes. Deze vormen een crèmekleurige met gele achtergrond voor de bloemen die het middelpunt vormen, de lichtgele, dubbelbladige fresia's. Het hele arrangement wordt visueel in harmonie gebracht door de toevoeging van de zachtgroene, vederachtige bladeren en de poederachtige, gele bloempjes van de mimosa.

1 Doe een in water gedompeld blok steekschuim in een met plastic inpakpapier bekleed tuinmandje. Knip het overtollige plastic van de rand van het tuinmandje. (Als het waarschijnlijk is dat het arrangement nog verplaatst moet worden wanneer het af is, zet het steekschuim dan in het tuinmandje vast met watervaste tape.

2 Zorg er eerst voor dat de bladeren van het onderste deel van de stelen worden afgehaald en steek daarna de Japanse liguster in het steekschuim, zodat de omtrek van de schikking wordt opgebouwd. Omdat de ranke stelen van de Japanse liguster keurige kleine gaatjes maken, zijn ze ideaal voor het schikken in steekschuim.

3 Geef de omtreklijn van het bloemstuk meer nadruk met de tuberoos en de violieren, door ze in tegenover elkaar liggende diagonalen te schikken.

4 Verdeel de fresia's over het bloemstuk en gebruik daarbij de stelen met knoppen aan de buitenkant en de meer open bloemen in het midden. Breek de zijtakjes van de mimosa af, zodat een heleboel verschillende steellengtes in het bloemstuk geschikt kunnen worden, waardoor alles in visueel opzicht een eenheid wordt.

VAZEN MET HYACINTBOLLEN

• • •

BENODIGDHEDEN

...

3 vazen voor de bollen

...

2 jampotjes

...

4 dunne, stevige takken

...

raffia

...

een schaar

...

5 hyacintbollen

Er zijn vazen die speciaal gemaakt worden voor in het water groeiende bloembollen en sommige van de ouderwetse soorten zijn buitengewoon aantrekkelijk – dus ga eens op zoek in de plaatselijke rommel- en antiekwinkeltjes. Toch doet een eenvoudig jampotje, met een raamwerk van takjes om de bloembol te ondersteunen, het zeker zo goed. Deze bijzondere schikking bestaat uit een groepje van beide soorten vazen, die net zo belangrijk zijn voor het totale welslagen van de bloemschikking als de bloemen zelf.

Bollen kunnen zowel in water als in aarde groeien. Door deze techniek te gebruiken en met wat lange-termijn-planning heeft de alledaagse hyacint in deze schikking een nieuwe aantrekkingskracht gekregen.

1 Als u bollenvazen gebruikt, vul dan gewoonweg elke vaas met water en zet de bollen bovenin met hun onderkant net boven het water. Vul het water af en toe bij, maar kijk uit dat u de wortels niet in beroering brengt. Wacht vervolgens gewoon tot de hyacintbollen wortel schieten, groeien en bloeien!

2 Als u een jampotje gebruikt, moet u een vierkant raamwerk maken om bovenop het jampotje te leggen. Gebruik dunne, maar stevige takken en bind ze bij elkaar met raffia, zodat ze een raamwerk vormen. Knip de uiteinden van de stengels en de raffia af, wanneer u hebt vastgesteld dat het raamwerk goed op de jampot past, leg daarna de bloembol op het raamwerk met zijn onderkant net boven het water.

VOORJAARSVERSIERING VOOR EEN SERVET

• • •

De geraffineerde goud met witte kleurencombinatie die in deze sierlijke en verfijnde servetversieringen is gebruikt, zou het voortreffelijk doen bij een officieel diner of een belangrijke gebeurtenis zoals een bruiloft.

De kleine klokjes van de lelietjes-van-dalen hebben een heerlijke geur en passen qua kleur goed bij het zuivere wit van de cyclamens.

1 Vouw het servet tot een rechthoek, rol het daarna op. Wikkel een sliert (takje) klimop om het midden van het servet. Leg een stevige knoop in de steel.

2 Neem 4 à 5 stelen lelietje-van-dalen, 3 cyclamenbloempjes met hun stelen en 3 cyclamenblaadjes. Maak van de beide bloemensoorten een kleine schoof met een platte achterkant in uw hand door de stelen in een spiraal te leggen. Leg één blad achter het lelietje-van-dalen om het te ondersteunen en gebruik de andere twee bladeren rond de cyclamenbloempjes om het middelpunt extra nadruk te geven. Bind de bloemen op het bindpunt met goudkoord bijeen. Leg de platte achterkant van de schoof bovenop het servet, wikkel het loshangende goudkoordje om het servet en maak er voorzichtig een strik in, bovenop de stelen.

BENODIGDHEDEN

...

servetten

...

slierten kleine klimopblaadjes (takjes)

...

een schaar

...

1 pot kleine cyclamens (dwerg cyclamen persicum*)*

...

gouden koord

De ranke stelen van beide bloemen maken het mogelijk dat elke versiering tot een schoof gebonden kan worden. In de zich uitspreidende stelen herhaalt zich de vorm die door de bloemen wordt gemaakt.

KRANS VAN VERSE KRUIDEN

• • •

BENODIGDHEDEN

30 cm steekschuim in de vorm van een ring

een schaar

2 takken laurierbladeren

2 bosjes rozemarijn

ijzerdraad van 0,7 mm

6 grote bollen knoflook

6 of 7 rode bieten

40 stelen in bloei staande marjolein

40 stelen bloeiende munt

Een krans van kruiden kan behalve decoratief ook nuttig zijn. De kruiden kunnen er uitgehaald worden om in de keuken te gebruiken, zonder al teveel schade aan te richten aan het totale ontwerp van de krans.

In veel delen van Europa gelooft men dat een krans van kruiden die in een keuken hangt of bij de ingang van een huis, een teken is van verwelkoming, rijkdom en succes. Deze krans blijft twee of drie weken vers, omdat de stelen van de kruiden zich in water bevinden, maar zelfs als de krans uitdroogt zal hij er nog een tijdje prima uitzien.

1 Dompel de krans helemaal onder in koud water. Vorm de achtergrond door een omtrek van bladeren te maken met gelijkmatig verdeelde laurierbladeren en takjes rozemarijn. Om zeker te zijn van een gelijkmatige bedekking moet u de bladeren binnenin, bovenop en aan de buitenkant van de krans steken.

2 Zet de knoflookbollen en de rode bieten op draad door twee ijzerdraadjes op zo'n manier door hun onderkant heen te steken, dat ze elkaar kruisen; duw de uitstekende ijzerdraadjes daarna naar beneden en knip ze op de juiste lengte om ze in het steekschuim te kunnen steken. Bedenk op welke plaats ze in de krans moeten komen en duw de ijzerdraadjes stevig in het steekschuim.

3 Vul de ruimtes in de krans op, door de marjolein rond de bieten en de munt rond de knoflook te leggen.

VAAS MET VOORJAARSBLOESEM

• • •

BENODIGDHEDEN

. . .

een vaas

. . .

cellofaan (plastic inpakpapier)

. . .

1 blok steekschuim

. . .

een schaar

. . .

ijzerdraad van 0,7 mm
rendiermos

. . .

15 stelen van de waterwilg

. . .

10 stelen witte seringen

. . .

15 stelen roze kersebloesem

De heldere, frisse bloesems die vreugdevol uit een koude, harde, metalen vaas tevoorschijn komen, symboliseren de wintergrond waar de groei in het voorjaar uit losbarst.

Het losbarsten van het plantenleven in het voorjaar wordt in dit arrangement van vroege voorjaarsbloemen en bladeren overtuigend in beeld gebracht.

De volle bloemhoofden van de witte seringen zijn de bloesems die het middelpunt vormen van het bloemstuk en ze steken prachtig af tegen de donkerbruine stengels van de wilgenkatjes en de kersentakken. De stevigheid van deze stengels wordt verzacht door de oprijzende roze bloesem van de kersentakken en de zachte zilverachtige wilgenknoppen, die allebei harmoniëren met de seringen.

1 Bekleed de vaas met cellofaan en duw er het in water gedompelde blok steekschuim in. Knip het overtollige cellofaan weg.

2 Maak haarpinvormen van het ijzerdraad en steek het rendiermos ermee in het steekschuim om de rand van de vaas heen. Let op dat het steekschuim aan alle kanten helemaal bedekt is.

3 Schik de wilgenkatjes in de vaas om de hoogte en de breedte van een symmetrische omtrek vast te stellen. Duw de wilgenkatjes stevig in het steekschuim om het arrangement vast te zetten.

4 Verdeel de seringen tussen de wilgenkatjes. Kijk goed naar de manier waarop de seringen aan hun stelen hangen en probeer hun natuurlijke manier van hangen in de schikking te benutten. U zult merken dat het niet nodig is de stelen in onmogelijke posities neer te zetten.

5 Zet de roze kersenbloesem overal in het bloemstuk om de algehele vorm kracht bij te zetten en zorg voor een schakel tussen de ranke stelen van de wilgentakjes en de grote bloesems van de seringen.

SCHAAL MET HYACINTBOLLEN

• • •

BENODIGDHEDEN

. . .

8 ontluikende hyacintbollen
24 herfstbladeren

. . .

raffia

. . .

een schaar

. . .

een glazen schaal

Bij deze nieuwe manier om zich ontwikkelende hyacintbollen te schikken, worden ze uit hun potten gehaald en in biologische bakken gezet, die een belangrijke plaats in het ontwerp gaan innemen. Deze aantrekkelijke schikking blijft wekenlang goed.

De wortels van de bloembollen worden samen met de aarde eromheen simpelweg in bladeren gewikkeld en daarna bij elkaar in het water van een glazen schaal gezet. De bloembollen nemen het water op en groeien uitstekend; van deze aantrekkelijke groene punten tot bloemen in volle bloei.

1 Haal de hyacintbollen voorzichtig uit hun pot, maar laat de aarde op een kluitje om de wortels zitten. Wikkel een blad onder de wortels en de aarde van elke bloembol en nog twee blaadjes om de zijkanten. Laat het merendeel van elke bloembol uitsteken, net als in een pot.

2 Maak de blaadjes op hun plaats vast door er raffia omheen te binden. Groepeer de omwikkelde hyacinten in de glazen schaal en giet er ongeveer 5 cm water in. Denk eraan het water regelmatig bij te vullen. De bloembollen zullen verder groeien en uiteindelijk gaan bloeien.

SERVETRING VAN PLANTEN

• • •

Dit prachtige alternatief voor een servetring is gemakkelijk te maken en kan het uiterlijk van uw eettafel ten goede komen. Het uiterlijk van de servetring kan veranderd worden, zodat hij geschikt is voor veel verschillende gelegenheden.

BENODIGDHEDEN

servet

een schaar

lange, dunne, buigbare stengel rozemarijn

3 blaadjes citroengeranium

2 of 3 hoofdjes bloeiende munt

1 Zoek een geschikte lengte rozemarijn, lang en buigzaam genoeg om een of twee keer om het opgerolde servetje te kunnen wikkelen. Maak de stengel stevig vast.

2 Schik de blaadjes van de citroengeranium en de bloemhoofdjes van de munt door de steeltjes voorzichtig achter de knoop van de vastgebonden stengel te steken.

De methode bestaat gewoon uit het rond een servet binden van elke redelijk stevige sliert van bladeren en vervolgens uit het creëren van een middelpunt door de toevoeging van bladeren, bessen of bloemhoofdjes van uw keuze. Als het nodig is de servetring stevig vast te maken, zet de bladeren en bloemhoofdjes dan op draad voordat u ze bij het bindpunt vastmaakt.

POMANDER VAN TULPEN

• • •

BENODIGDHEDEN

. . .

1 bol van steekschuim

. . .

lint

. . .

een schaar

. . .

20 hoofdjes dubbele tulpen 'Appleblossom'

. . .

1 bos mirte

. . .

ijzerdraad van 0,7 mm

. . .

een flinke handvol rendiermos

De pomander die we hier laten zien beschikt niet over exotische geuren, maar heeft een prettige, afwisselende oppervlaktestructuur, variërend van de puntige binnenste blaadjes van de dubbele tulpen en de kraalvormige zwarte bessen van de mirte tot de zachtheid van het grijze mos, die tezamen tegen de banden van een glad satijnen lint aanliggen.

In de zestiende eeuw werden pomanders gevuld met kruiden of geurige bloemen en gedragen om de lucht te parfumeren. Tegenwoordig is het waarschijnlijker dat de pomander een accessoire is van een bruidsmeisje, als aantrekkelijk alternatief voor het traditionele boeketje.

1 Dompel de bol van steekschuim in water. Bind het lint om de bol; begin bovenaan, kruis het onderaan en bind het daarna bovenaan vast, zodat de bol in vier gelijke stukken wordt verdeeld. Let op dat er genoeg lint over is om er nog een strik in te leggen.

2 Knip de stelen op een steellengte van ongeveer 2,5 cm en duw ze in verticale lijnen in het midden van elk kwart stuk bol. Houd de tulpenhoofdjes voorzichtig vast, terwijl u ze op de bol van steekschuim steekt, anders breken ze af.

3 Knip takjes mirte op korte stelen af en duw ze aan beide kanten van elke lijn met tulpen in het steekschuim, zodat ze nieuwe lijnen vormen. De mirte moet er tamelijk compact uitzien.

4 Maak haarpinvormen van de ijzerdraadjes en gebruik ze om het rendiermos vast te steken, zodat alle overgebleven lege plekken van de bol van steekschuim worden bedekt.

LIJNENSPEL MET AMARYLISSEN

• • •

BENODIGDHEDEN

...

bloemenprikker

...

ondiepe schaal

...

een schaar

...

5 stelen amaryllis

...

6 bladeren van de Phormium cookiannum

...

glazen knikkers

De amaryllis heeft een steel die er heel bijzonder uitziet en die, hoewel hij hol is, groot en vlezig is en zware bloemen kan dragen. Een bloem van dit formaat en gewicht heeft niet voldoende steun aan steekschuim, tenzij u er heel veel van gebruikt en het met een netwerk van ijzerdraad omwikkelt en bovendien moet de stengel van de amaryllis dan flink gestut worden.

De bloemenprikker geeft de amaryllis de stevige steun die hij nodig heeft omdat de vlezige stelen stevig op de pinnen kunnen worden geduwd. Bovendien is het gewicht van de bloemenprikker zwaar genoeg om op te wegen tegen het gewicht van de bloemen.

Dit lijnenspel is precies wat de naam al zegt: een schikking van bloemen in een verticale zigzaglijn. De grote bloemen van de amaryllis zijn daar bijzonder geschikt voor en hier worden ze nog versterkt door de puntige bladeren van de *Phormium cookiannum variegatum*.

1 Zet de bloemenprikker in het midden van de schaal en zet hem helemaal onder water. Schik de amaryllis in een zigzagsgewijze verticale lijn door de stelen op de pinnen te prikken. Zet de meer gesloten bloemen op langere stelen naar achteren en de meer open bloemen met kortere stelen aan de voorkant van het arrangement. (Alle bloemhoofden op korte stelen die over zijn, moeten in de onderkant van de schikking op de pinnen worden vastgezet).

2 Schik de bladeren, met de grootste aan de achterkant en de kortste aan de voorkant, in een diagonaal ten opzichte van de verticale zigzaglijn van de amaryllis.

3 Om het bloemstuk af te maken zet u het in zijn uiteindelijke positie neer en camoufleert u de bovenkant van de bloemenprikker door er glazen knikkers overheen te strooien.

RUIKERTJES

• • •

In de zestiende eeuw waren ruikertjes of bloementuiltjes populair voor het afwenden van onaangename luchtjes, maar tegenwoordig zijn het nog steeds aantrekkelijke decoraties en zijn ze leuk om cadeau te geven. De instructies zijn voor het boeketje rechts op de grote foto.

1 Knip alle plantenstengels af op een lengte die geschikt is voor de maat van het boeket dat u gaat maken en haal de onderste bladeren en doornen eraf. Maak een begin door de centrale bloemen in uw hand te houden, voeg er wat stelen van de uitgekozen kruiden aan toe, terwijl u de groter wordende bos al verder werkend rond laat draaien. Let op dat u een cirkel met een bepaald kruid afmaakt voordat u aan een volgende cirkel begint. Gebruik als afsluiting een cirkel geraniumbladeren voor de buitenrand van de bos.

2 Wanneer alles op zijn plaats zit, bind het boeketje dan met twijndraad bijeen en knip de stelen netjes af. Maak elk ruikertje af met een strik van raffia.

BENODIGDHEDEN

...

1 bieslookbloem

...

bloeiende munt

...

rozemarijn

...

venkelblaadjes van de citroengeranium

...

twijndraad

...

een schaar

...

raffia

Deze kleine kruidenboeketjes zijn samengesteld uit dicht op elkaar geschikte concentrische cirkels met kruiden rondom een centrale bloem; ze geven een fantastische mengeling van geuren af en kunnen zowel voor culinaire als voor decoratieve doeleinden worden gebruikt.
Het is mogelijk om ze te laten drogen, zodat men er nog lang van kan genieten.

SLINGER VAN VRUCHTEN EN BLOEMEN

• • •

BENODIGDHEDEN

. . .

ijzerdraad van 0,7 mm

. . .

4 limoenen

. . .

9 citroenen

. . .

4 trosjes blauwe druiven

. . .

4 bossen lintbloem (Helenium)

. . .

1 bos Fatshedera lizei (klimopsoort)

. . .

een schaar

. . .

een vlecht van stro, ongeveer 60 cm lang

. . .

raffia

. . .

1 bos klimopslierten (takken)

De onderdelen moeten wel op draad worden gezet, maar verder is de slinger eenvoudig te maken. Citroenen en limoenen zullen onder deze omstandigheden wel overleven, maar druiven en snijbloemen moet u regelmatig met water besproeien.

De kleur en inhoud van deze decoratieve slinger zal elke kamer opfleuren. De zichtbare versheid ervan is met name geschikt voor een keuken, maar als hij op een langere ondergrond wordt gemaakt, kan hij ook als schoorsteenslinger dienen of zelfs nog langer worden gemaakt om de ballustrade van een trap te versieren.

1 Eerst moeten alle vruchten op draad worden gezet. Haal een stuk ijzerdraad door de vruchten heen van de ene kant naar de andere kant, net boven de onderkant van de limoenen. Laat even grote stukken ijzerdraad uit elke kant steken, buig ze naar beneden en draai ze aan de onderkant in elkaar. Als de citroenen zwaarder zijn dan de limoenen, haal dan een tweede stuk ijzerdraad dwars op het eerste stuk door de onderkant heen, zodat er vier gelijke stukken uitsteken die aan de onderkant in elkaar gedraaid moeten worden.

2 Verdeel de druiven in kleine trosjes en geef ze een dubbele poot met ijzerdraad van 0,7 mm. Vorm daarna 12 kleine bosjes lintbloemen gemengd met de klimop en geef ze een dubbele poot met ijzerdraad van 0,7 cm.

3 Begin aan de onderkant van de vlecht van stro en bind er met raffia drie op draad gezette citroenen aan. Bind er vervolgens beurtelings een bosje bloemen en bladeren aan, een limoen, druiven en een tweede bosje bloemen en bladeren.

4 Ga door met het vastbinden van de materialen aan de vlecht in de bovengenoemde volgorde tot u bijna bovenaan bent. Bind hem af door de overgebleven raffia strak om de vlecht heen te wikkelen.

5 Maak een strik van raffia en bind hem aan de bovenkant van de slinger. Knip eventuele losse eindjes ijzerdraad af. Wind de klimopslierten om de bovenkant van de slinger en de strik.

ROZE FLOX IN EEN KRUIK

• • •

BENODIGDHEDEN

...

een schaar

...

15 stelen roze flox 'Bright Eyes'

...

een kruik

...

5 slierten (takken) wilde wingerd in herfsttinten

Een eenvoudig te schikken kruik met bloemen en bladeren wordt een uitbarsting van geuren en kleuren.

Het kleurencontrast tussen een heleboel roze floxen en de levendige rode kleur van de wilde wingerd geeft deze bloemschikking zijn visuele kracht. Het is een eenvoudig, maar toch opmerkelijk arrangement.

1 Knip de stelen van de flox af op een lengte die in verhouding staat tot de kruik. Schik de floxen er gelijkmatig in met de langere stelen aan de achterkant van de kruik.

2 Zet de afgeknipte uiteinden van de slierten wilde wingerd in de vaas met water en slinger ze tussen de hoofdjes van de floxen door; verspreid ze gelijkmatig over de kruik.

BLOEMSTUKJE MET KAARS

• • •

Dit mooie bloemstukje met kaars wordt op een ring van steekschuim met een hele kleine doorsnee gemaakt. Bedekt met een bedwelmende combinatie van venkel, rozemarijn, citroengeranium, hyssop en viooltjes, zal het stukje ideaal zijn om bij een intiem dinertje op tafel te zetten.

BENODIGDHEDEN

...

ring van steekschuim, 15 cm in doorsnee

...

kandelaar

...

een schaar

...

kleine hoeveelheden rozemarijn, bladeren van de citroengeranium, venkel, hyssop en viooltjes

De ring wordt gewoon over de kandelaar heen gelegd voor het maken van deze eenvoudige, maar opmerkelijke decoratie. Laat een brandende kaars nooit onbeheerd achter en laat hem niet verder opbranden dan tot 5 cm afstand van de bladeren.

1 Dompel de ring van steekschuim in koud water en leg hem over de kandelaar heen. Begin de schikking door een basisomtrek in het steekschuim te maken met stelen rozemarijn en bladeren van de citroengeranium; verdeel ze gelijkmatig over de ring. Probeer de bladeren in verschillende hoeken te zetten, zodat u een voller effect krijgt.

2 Vul de lege plekken gelijkmatig op met de venkel en de hyssop. Zet er tenslotte nog een paar viooltjes bij.

EXOTISCHE BLOEMSCHIKKING

• • •

BENODIGDHEDEN

. . .

grote viskom

. . .

een schaar

. . .

5 kronkelige wilgentakken

. . .

5 bloemen van de gemberplant

. . .

10 zaadomhulsels van de lotus

. . .

7 hoofdjes hanekam (celosia)

. . .

2 roze ananassen

. . .

10 stengels prachtlelie

. . .

5 vederpalmbladeren

. . .

5 anthuriums

. . .

7 Phormium tenax 'Bronze baby' *(Nieuw-Zeelands vlas)*

. . .

6 kleine bosjes Xerophyllum tenax *(siergras)*

. . .

6 slierten (takken) van de passiebloem

De meeste bloemen en bladeren in deze schikking kunnen naderhand gedroogd worden.

De schijnbare teerheid van sommige bloemen in deze opzienbarende bloemschikking is in tegenspraak met hun robuuste karakter. Exotische snijbloemen die voor de handel zijn gekweekt, zien er niet alleen fantastisch uit, maar hebben ook een lange levensduur.

1 Vul de viskom voor driekwart met koud water. Knip de kronkelige wilgentakken af op een lengte die ongeveer driemaal de hoogte van de viskom bedraagt en schik ze erin, zodat er een structuur voor de schikking ontstaat.

2 Zet de bloemen van de gemberplant en de zaadomhulsels van de lotus zó, dat de langste steel iets korter is dan de kronkelige wilgentakken en achteraan staat, terwijl de stelen die iets minder hoog zijn aan de voorkant en de zijkanten worden gezet.

3 Verdeel de hanekam over de bloemschikking op dezelfde manier als de bloemen van de gemberplant en de zaadomhulsels van de lotus. Zet de twee roze ananassen in het midden van de schikking en laat de ene daarbij iets meer uitsteken dan de andere.

4 Zet de lelies overal in het arrangement, maar vooral aan de voorkant en de zijkanten, waar ze op natuurlijke wijze over de viskom heenhangen. Schik de anthuriums, die de bloemen van het middelpunt vormen, met de langste stelen aan de achterkant en zo steeds korter naar de voorkant toe.

5 Anders dan anders worden de bladeren het laatst toegevoegd. Verdeel de afzonderlijke exotische bladeren en bosjes Xerophyllum tenax over het arrangement. Doe de afgeknipte uiteinden van de slierten passiebloem achterin de viskom en leg ze overal neer, terwijl u naar beneden en naar voren toe werkt.

BOEKETJE ORCHIDEEËN

• • •

De orchidee groeit in veel verschillende vormen en kleuren, van fijne trosvormen tot grote vlezige soorten. Alle orchideeën zien er exotisch uit en kunnen andere, meer fijne bloemen in een arrangement gemakkelijk in de schaduw stellen. Daarom komt de orchidee het best tot zijn recht wanneer hij op zichzelf wordt gebruikt in een enkele variëteit, of misschien met andere soorten die er goed mee combineren en wat zorgvuldig uitgekozen bladeren.

BENODIGDHEDEN

...

6 stelen oranjebruin gevlekte trosorchideeën

...

6 stelen roze gevlekte trosorchideeën

...

Xerophyllum tenax *(siergras)*

...

een schaar

...

twijndraad

Dit gebonden boeketje wordt in de hand in een spiraal geschikt en bevat maar twee variëteiten van orchideeën met bladeren van een varenpalm. De sterke stelen van de orchideeën zijn ideaal voor de spiraaltechniek en maken het mogelijk dat het boeketje als het klaar is, op zichzelf kan staan en toch zijn vorm kan behouden. De sierlijkheid van de xerophyllum tenax *draagt iets bij aan het totale ontwerp door de massieve contouren van de vlezige bloemhoofden te verzachten.*

1 Begin met een centrale orchideestengel in uw hand. Voeg er de stelen van bloemen en bladeren aan toe, zodat een spiraal gevormd wordt. Splits de xerophyllum tenax in smalle bosjes, zodat u er gemakkelijk mee kunt werken.

2 Blijf het boeketje in uw hand ronddraaien terwijl u de stelen toevoegt, vergeet niet de bosjes xerophyllum tenax erbij te doen en ga door tot de schikking af is. Knip de stelen af.

3 Bind de bos bloemen als hij klaar is met twijndraad bijeen op het punt waar alle stelen elkaar kruisen. Werk het boeketje af door xenophyllum tenax om het bindpunt te wikkelen, zodat de twijndraad wordt gecamoufleerd.

VAZEN MET EXOTISCHE BLOEMEN

• • •

Een groepje kleine, kleurrijke vazen vormt de basis van deze aantrekkelijke schikking van kortstelige, exotische bloemen. Voor elke vaas wordt maar één bloemensoort gebruikt. Sommige hebben maar één steel met bijzondere, beeldende eigenschappen; anderen hebben bloemen die dicht opeen worden geschikt vanwege hun kleur en de krachtige uitstraling van hun textuur. Het is een eenvoudige, opmerkelijke bloemschikking, die evenzeer steunt op de keus van de vazen als op de bloemen die zijn gebruikt.

BENODIGDHEDEN

1 anthurium

1 roze ananas

kronkelige wilgenstelen

3 exotische bladeren

3 hoofdjes hanekam (celosia)

3 stelen trosorchideeën

4 hoofdjes prachtlelie

10 hoofdjes herfstlelie

6 kleine keramische vazen in verschillende kleuren

een schaar

1 Houd rekening met de vorm, de grootte, de kleur en de textuur van de materialen en de vazen en beslis welke bloemen geschikt zijn voor welke vaas. Beslis ook per vaas of u een enkel bloemhoofd of een groepje bloemen gaat gebruiken.

2 Meet de steellengte van de bloemen af naast de vaas waar ze in komen te staan. De anthurium en de ananas staan alleen, de andere bloemen worden in groepjes bij elkaar geschikt om het effect van een grote hoeveelheid te creëren.

Soms blijven we zitten met bloemen op stelen die te kort zijn voor grote arrangementen. Misschien zijn het bloemen die uit verwelkte bloemschikkingen zijn gehaald en waar een stukje vanaf is geknipt om hun levensduur te verlengen of misschien zijn het gewoon afgebroken stelen. Hoe dan ook, ze kunnen nog gebruikt worden en veel effect sorteren.

ARRANGEMENT MET UITSLUITEND BLADEREN

• • •

Als er geen bloemen meer in de tuin staan, uw budget beperkt is, of u gewoon eens iets anders wilt, dan kan het maken van een arrangement dat geheel en al uit verschillende soorten bladeren bestaat een interessante uitdaging vormen en heel lonend zijn.

Welk seizoen het ook is, het is niet moeilijk om drie of vier soorten bladeren te vinden. Alles, van de gewone liguster tot de meest exotische struiken kan worden gebruikt en een fantastisch resultaat geven.

BENODIGDHEDEN

...

2 blokken steekschuim

...

ondiepe schaal, groot genoeg voor de blokken steekschuim

...

watervaste tape

...

een schaar

...

ijzerdraad van 0,7 mm

...

kussentjesmos

...

5 stelen grevillea

...

10 stelen garnalenplant (Beloperone guttata)

...

10 stelen mingvaren (cultivar van de Bostonvaren)

...

10 stelen pittosporum

...

5 stelen dwergmispel

Beperk u niet tot groene bladeren; denk aan het felle geel van de olijftak, het zilvergrijs van senecio, om nog maar niet te spreken van de buitengewone rijkdom aan gekleurde bessen en bladeren in de herfst – ze kunnen allemaal worden gebruikt om echt schitterende resultaten te boeken.

1 Dompel het steekschuim in water en maak het in de schaal vast met watervaste tape.

2 Maak haarpinvormen van ijzerdraad en steek stukjes mos rond de rand van de schaal door de ijzerdraadjes door het mos heen in het steekschuim te duwen. Hierdoor wordt het steekschuim aan de rand van de schaal aan het oog onttrokken.

3 Begin de grevillea van een kant af te schikken, om de maximale hoogte vast te stellen en werk in een diagonaal naar de andere kant met steeds kortere stelen. Eindig met bladeren die over de voorkant van de schaal heen vallen. Schik de garnalenplanten op dezelfde manier langs de tegenoverliggende diagonaal, maar maak deze lijn korter dan die van de grevillea en geef hem extra nadruk door er varentakjes aan toe te voegen.

4 Versterk de lijn van de grevillea door hier en daar de pittosporum met zijn brede bladeren tussen te zetten. Verdeel tenslotte de dwergmispel over het hele arrangement.

GERBERA'S IN FLESSEN

• • •

BENODIGDHEDEN

rode kleurstof

gele kleurstof

kan voor het mengen van kleurstoffen

6 flessen of lange, smalle vazen

12 gerbera's in verschillende kleuren

een schaar

Gerbera's hebben zachte, buigzame stelen die zich op natuurlijke wijze buigen. Als u ze recht wilt buigen, wikkel dan driekwart van hun stelen (van bovenaf gerekend) in papier om ze recht te houden. Zet ze daarna ongeveer twee uur lang in een diepe laag koud water.

Het succes van een bloemschikking hangt niet af van de ingewikkeldheid ervan; velen zijn zelfs van mening dat eenvoud de essentie is van een goed ontwerp.

De bloemen van de gerbera hebben een buitengewoon zichtbare onschuld en een uitgebreid aantal levendige kleuren. Door deze krachtige, beeldende eigenschap is de gerbera ideaal voor eenvoudige, levendige, moderne ontwerpen, wat door deze schikking wordt gedemonstreerd. Alleenstaande bloemen worden in aparte flessen gezet binnen een totaalschikking. De kracht die ervan uitgaat wordt voortgezet in het water door de toevoeging van kleurstoffen.

1 Voeg de rode en gele kleurstoffen apart aan het water toe en roer ze goed door. Vul de verschillende flessen of vazen met water. Voor een maximaal effect kunt u flessen van verschillende vormen en afmetingen kiezen en de sterkte van de kleurstoffen in elke fles variëren. De kleurstoffen zullen de bloemen op geen enkele manier aantasten.

2 Bereken de gewenste hoogte van de gerberastelen en knip ze schuin af. Zet ze afzonderlijk of in twee- of drietallen in de flessen, afhankelijk van de dikte van de flessenhals. Schik de flessen tenslotte tot een in het oog vallende groep en gebruik daarbij als u wilt nog andere kleurrijke voorwerpen ter ondersteuning.

TAFELVERSIERING VAN POTPLANTEN

• • •

Het is mogelijk de tijdrovende voorbereiding die een noodzakelijk onderdeel vormt van het bloemschikken, te vermijden door het gebruik van potplanten. Een tafelversiering hoeft niet per se een traditioneel arrangement van snijbloemen te zijn. In deze schikking is gebruik gemaakt van een interessante selectie van kleine, contrasterende planten van verschillende hoogtes. Ze zien er extra goed uit doordat ze in oude terracotta potten van verschillende afmetingen zijn geplant, zodat de versiering in hoogte varieert.

Om de schikking in visueel opzicht tot een eenheid te maken, zijn de potten neergezet met hier en daar een gekleurd waxinelichtje ertussenin, dat elk op een blad staat. Dat blad is er niet alleen ter versiering, maar vangt ook het druipende kaarsvet op.

BENODIGDHEDEN

. . .

2 viooltjes

. . .

2 sierkolen

. . .

1 Kaaps viooltje

. . .

1 cyclamen

. . .

6 kleine terracotta potten van verschillende groottes

. . .

kussentjesmos

. . .

waxinelichtjes (theelichtjes)

. . .

grote bladeren

1 Haal alle planten uit hun plastic potten, plant ze in terracotta potten en geef ze flink wat water. Bedek de bovenkant van de aarde in de pot met vers, vochtig kussentjesmos. Let erop dat u het water eerst helemaal uit de pot laat lopen. Schik de potten vervolgens in het midden van de tafel en zet er waxinelichtjes tussenin op bladeren die groot genoeg zijn om op te vallen en het druipende kaarsvet op te vangen.

De groep kan zo groot of klein zijn als de tafel toelaat en de planten kunnen tussen de feestmaaltijden overal in huis neergezet worden. Laat brandende kaarsen nooit onbeheerd achter en laat ze niet verder opbranden dan op 5 cm afstand van de bloemschikking.

ABRIKOOSKLEURIGE ROZEN EN POMPOENEN

• • •

BENODIGDHEDEN

. . .

1 blok steekschuim

. . .

een mes

. . .

marmeren vogelbadje of soortgelijke bak

. . .

watervaste tape
een schaar

. . .

10 stelen hypericum (hertshooi)

. . .

5 kleine pompoenen

. . .

ijzerdraad van 0,7 mm

. . .

10 stelen abrikooskleurige trosrozen

De simpele aantrekkingskracht van dit ontwerp ligt in het gebruik van maar één bloemensoort en één bladsoort. De toevoeging van de kleine pompoenen geeft meer volume aan de mooie combinatie van trosrozen en bloeiende hertshooibladeren. Zie hoe de abrikooskleur terugkomt in de bloemen, de pompoenen en de bloembak en contrasteert met de rode knoppen en de gele bloemen van het gebladerte.

1 Dompel het blok steekschuim onder water en snijd het bij, zodat het op zijn plaats geduwd kan worden in de bak. Zet het steekschuim vast met watervaste tape.

2 Maak de omtrek van de schikking met de hertshooi en bepaal op die manier de hoogte, breedte en diepte van het bloemstuk. De stelen van in de winkel verkrijgbare hertshooi zijn in de regel lang en recht met veel zijtakken, die rankere stelen hebben. Als u een meer verfijnd resultaat met de bladeren wilt bereiken en zoveel mogelijk uit uw materiaal wilt halen, gebruik deze rankere stelen dan in het arrangement.

3 Zet elke pompoen op draad door een stuk ijzerdraad dwars door de onderkant van de pompoen te steken tot hij er aan de andere kant uitkomt. Duw een tweede stuk ijzerdraad dwars op het eerste door de pompoen heen. Duw beide stukken ijzerdraad naar beneden, zodat ze er aan de onderkant uitsteken. De pompoenen worden ondersteund door deze ijzerdraadjes in het steekschuim te duwen.

4 Zet de pompoenen tussen de bladeren en let er op dat sommige wat meer terugwijken dan andere.

5 Vul het arrangement op met de trosrozen. Net als de hertshooi hebben ook trosrozen vaak een heleboel kleine zijtakken aan de hoofdstengel zitten en u kunt deze het beste gebruiken om een optimaal gebruik te maken van uw materialen. Om de vorm van het hele bloemstuk nog te versterken, kunt u de knoppen op de langste stelen aan de buitenkant gebruiken en de meer open bloemen en in volle bloei staande stelen in het midden.

Als u de pompoenen door limoenen vervangt, voegt dat een vleugje levendigheid aan de schikking toe, maar voor een meer verfijnd uiterlijk kunt u beter pruimen of blauwe druiven gebruiken.

EXOTISCHE SERVETDECORATIE

• • •

BENODIGDHEDEN

. . .

servet

. . .

slierten (takken) passiebloemen

. . .

een schaar

. . .

2 à 3 bladeren van de wilde wingerd

. . .

1 hoofdje prachtlelie

. . .

1 hoofdje hanekam (celosia)

Exotische bloemen zijn verbazingwekkend sterk, u kunt de servetdecoraties dus al voor het feestmaal maken, ze zullen niet slap gaan hangen.

Als er Oosters eten op het menu staat, dan zal deze gemakkelijk te maken servetdecoratie de aankleding van de eettafel compleet maken.

Slierten (takken) van passiebloemen worden om het servet gebonden en afgewerkt tot een knoop, waar de bloemhoofdjes en bladeren achter geschoven worden om ze op hun plaats te houden.

1 Vouw het servet in een rechthoek en rol het daarna losjes op. Wikkel een passiebloemsliert om het midden ervan, trek hem stevig aan maar pas op dat hij niet breekt. Leg er een eenvoudige knoop in.

2 Begin bij het schikken van de decoratie op de servet met de bladeren van de wilde wingerd. Duw de stelen voorzichtig door de knoop heen en doe daarna hetzelfde met de bloemhoofdjes.

TAFELVERSIERING VAN KRUIDEN

• • •

Deze tafeldecoratie is samengesteld uit vijf elementen: vier terracotta potten met verschillende kruiden, bladersoorten die in een ring van steekschuim in bedwang worden gehouden, waxinelichtjes (theelichtjes) en akkerscherm. Dit is een interessant alternatief voor het meer traditionele idee van een arrangement dat in steekschuim of met kippengaas of in een alleenstaande vaas bijeen wordt gehouden.

Benodigdheden

6 waxinelichtjes (theelichtjes)

ring van steekschuim, 30 cm in doorsnee

2 blokken steekschuim

4 terracotta potten

cellofaan (plastic verpakkingsmateriaal)

een schaar

akkerscherm

rozemarijn

munt

marjolein

Gelderse roos (Viburnum opulus)

cranberries

1 Duw de waxinelichtjes in de met water doordrenkte ring van steekschuim op gelijke afstanden van elkaar. Dompel een blok steekschuim in water en bekleed de terracotta potten met cellofaan om te voorkomen dat het water gaat lekken. Knip het cellofaan op maat en duw het stevig in de potten.

2 Zet de akkerscherm dicht op elkaar rond de ring, tussen de waxinelichtjes in. Zet daarna de afzonderlijke potten vol met de uitgekozen kruiden en bladeren. Het effect wordt versterkt als elke pot slechts met één kruidensoort wordt gevuld. Zet de ring op zijn plaats en schik de potten er binnenin.

Deze schikking kan uit elkaar gehaald worden en de delen kunnen afzonderlijk heel goed voor verschillende doeleinden gebruikt worden. De terracotta potten met kruiden kunnen zelfs gedroogd worden en zo kunt u er nog lang plezier van hebben. Laat brandende kaarsen nooit onbeheerd achter.

TAFELSCHIKKING MET VRUCHTEN EN BLOEMEN

• • •

BENODIGDHEDEN

. . .

een mand

. . .

cellofaan (plastic inpakpapier)

. . .

2 blokken steekschuim

. . .

een schaar

. . .

watervaste tape

. . .

1 bosje fatshedera lizei *(klimop)*

. . .

3 trosjes rode druiven

. . .

ijzerdraad van 0,7 mm

. . .

6 zwarte vijgen

. . .

15 stengels leeuwenbek

. . .

15 stengels amarant (recht, niet kruipend)

. . .

15 stengels astilbe

. . .

20 rode rozen

. . .

5 stengels hydrangea

De toevoeging van vruchten geeft een zichtbare volheid aan deze schikking van bloemen. De prachtige rode en paarse kleuren van de vijgen en druiven die in dit bloemstuk zijn gebruikt, komen schitterend overeen met de warme tinten van de bloemen. De natuurlijke glans op de vruchten vormt een goede combinatie met de fluweelachtige zachtheid van de rozen, zodat de compositie een lust is voor het oog. Het totale effect is er een van een betoverende schoonheid.

1 Bekleed de mand met cellofaan en klem de blokken in water gedrenkt steekschuim er goed in. Knip overtollig cellofaan om de rand van de mand af. Als de schikking nog verplaatst moet worden, maak het steekschuim dan stevig vast met watervaste tape.

2 Om de vorm van het arrangement te bepalen maakt u met de fatshedera lizei een lage koepel van bladeren in een juiste verhouding ten opzichte van de grootte en de vorm van de mand. Verspreid de klimop gelijkmatig over het steekschuim.

3 Maak voor de trosjes druiven een dubbele poot met ijzerdraad van 0,7 mm. Leg de trosje een beetje verscholen tussen de bladeren in een enigszins diagonale lijn over het bloemstuk. Behandel de druiven voorzichtig.

4 Duw een ijzerdraadje door elke vijg van de ene zijkant naar de andere, zodat de uiteinden uitsteken en buig deze naar beneden. Verdeel de vijgen in groepjes van 2 en duw de ijzerdraadjes in het steekschuim rond het midden van de schikking.

5 Geef de koepelvorm van het bloemstuk meer nadruk met de leeuwenbekjes, de amarant en de astilbe. Voeg daarna de rozen, die de bloemen van het middelpunt vormen, gelijkmatig aan de schikking toe. Om het arrangement te completeren zet u de hydrangeahoofdjes iets terugwijkend in het steekschuim om het geheel meer diepte en structuur te geven. Maak het steekschuim dagelijks nat om de levensduur van het bloemstuk te verlengen.

Er zijn wel talrijke bestanddelen nodig in dit bloemstuk, maar het uiteindelijke resultaat is de extra aandacht meer dan waard.

BLOEMSCHIKKING MET OUDERWETSE TUINROZEN

• • •

BENODIGDHEDEN

. . .

waterdichte pot of kom, om een binnenpot in te zetten

. . .

lage, verweerde terracotta plantenpot

. . .

een kan

. . .

allerlei tuinrozen, met korte en lange stelen

. . .

een schaar

De techniek bestaat uit het groeperen van één type bloem in verschillende variëteiten; de papierachtige bloemblaadjes geven een gemengde compositie van geuren en kleuren te zien.

De prachtige, helemaal opengebloeide bloemen van deze ouderwets uitziende rozen geven een weelderig en romantisch tintje aan een hele simpele combinatie van bloemen en vaas. Deze schikking verdient een centrale plaats in welke kamer dan ook.

1 Zet de waterdichte pot in de terracotta plantenpot en vul hem met water. Vul ook de kan met water. Kies uw bloemen uit en maak ze klaar voor gebruik. Verwijder de onderste bladeren en de doornen.

2 Zet de bloemen met de langste stelen in de vaas, met de bloemhoofden dicht bij elkaar. Daardoor worden de afgesneden stelen gesteund en kunnen ze gewoon rechtstreeks in het water worden gezet.

3 Groepeer de kortere, meer open bloemhoofdjes in de glazen kom die in de plantenpot staat met de stelen verborgen in de pot en de bloemhoofdjes net boven de rand van de pot uitstekend. De bloemhoofden zien er het beste uit als ze allemaal op dezelfde hoogte gehouden worden of in een enigszins koepelvormige omtrek. Als er minder bloemen worden gebruikt, hebt u misschien steekschuim of kippengaas nodig om de posities van de afzonderlijke bloemen in goede banen te leiden.

KLEINE VAASJES VOL GEEL EN BLAUW

• • •

Een klein vaasje is waarschijnlijk de meest gewone manier om een tafel te versieren, maar dat betekent niet dat het er gewoon uit hoeft te zien. Deze verrukkelijke voorbeelden, die gebruik maken van de primaire kleuren blauw en geel, laten zien dat het simpelste vaasje er met een klein beetje fantasie heel bijzonder uit kan zien.

BENODIGDHEDEN

. . .

2 kleine vaasjes

. . .

3 stelen lintbloem (helenium)

. . .

een schaar

. . .

5 bladeren van de wilde wingerd

. . .

3 stelen ridderspoor

. . .

2 stelen klokjes (campanula)

. . .

3 kleine wingerdbladeren

. . .

raffia

Wanneer u kiest voor een klein vaasje met inhoud, houd dan zowel rekening met de afmeting van de tafel als met de verhouding van de bloemen tot de vaas die wordt gebruikt. Over het algemeen worden kleine vaasjes gebruikt op kleine eettafeltjes en daarom moeten ze niet te groot zijn en toch opvallen. Een kleine vaas met grote bloemen is ook onstabiel en kan gemakkelijk omgegooid worden. Het water moet dagelijks ververst, of tenminste bijgevuld worden.

1 Vul de vaasjes voor ongeveer driekwart met water. Meet de juiste lengte van de lintbloemstelen naast de door u gekozen vaas af om de goede hoogte te krijgen, knip de stelen vervolgens schuin af en zet ze in het vaasje. Zet de bladeren van de wilde wingerd rond de bovenkant van de vaas om een omlijsting voor de lintbloemen te vormen.

2 Gebruik twee of drie stelen bloeiende ridderspoor en gebruik ook de fijne ranken met knoppen die ideaal zijn voor kleine schikkingen. Snoei de betrekkelijk grote bladeren van de klokjes voordat u ze toevoegt. Zet tenslotte de wingerdbladeren om de onderkant van de bloemen in de hals van de vaas en werk elk vaasje af met raffia.

EEN ZOMERSE MAND

• • •

De zomer brengt een overvloed aan gevarieerd en prachtig materiaal voor de bloemschikker. De heerlijke geuren, weelderige bloesems en de uitgebreide reeksen van kleuren die beschikbaar zijn, vormen oneindig veel mogelijkheden voor het scheppen van schitterende bloemschikkingen.

Dit bloemstuk is een overvloedige mand, die overloopt van zomerbloemen en die is ontworpen voor een grote tafel of een dressoir, maar al naar gelang de omstandigheden kan hij groter of kleiner gemaakt worden.

BENODIGDHEDEN

...

mand

...

cellofaan (plastic inpakpapier)

...

een schaar

...

2 blokken steekschuim

...

watervaste tape

...

10 stelen Viburnum tinus

...

15 stelen ridderspoor in drie kleuren

...

6 leliestelen, bijv. 'Stargazer'

...

5 grote klimopblaadjes

...

10 stelen witte flox

1 Bekleed de mand met cellofaan om te voorkomen dat het water erdoor heen lekt en knip het op maat. Maak daarna de twee met water doordrenkte blokken steekschuim met watervaste tape vast in de mand.

2 Schik de viburnumstelen in het steekschuim om de hoogte, de breedte en de vorm van het geheel vast te stellen. Geef de omtreklijn meer nadruk met de ridderspoor, maar zorg ervoor dat u alle stelen gebruikt en niet alleen maar de bloempunten.

3 Zet de lelies in een diagonale lijn in het arrangement. Schik de grote klimopbladeren om de lelies in het midden van het bloemstuk heen. Schik de floxen over de tegenoverliggende diagonaal ten opzichte van de lelies.

Houd het bloemstuk goed nat, dan kan het nog minstens een week blijven bloeien. De lelies gaan helemaal open in het steekschuim en er zullen steeds nieuwe floxknoppen opengaan om de uitgebloeide bloemhoofdjes te vervangen.

EXOTISCHE TAFELSCHIKKING

• • •

BENODIGDHEDEN
. . .
kippengaas
. . .
een bloembak
. . .
10 crotonbladeren (v.h. geslacht Codiaeum)
. . .
10 rode herfstlelies
. . .
7 hanekamhoofdjes
. . .
7 prachtlelies
. . .
ijzerdraad van 0,7 mm
. . .
1 mango

Wanneer u een tafelschikking gaat maken, kies de bloembak dan met zorg uit. Als de bloembak te groot is, kan hij het zicht van uw gasten over de eettafel belemmeren.

Dit feest van rode bloemen en gekleurde bladeren met zijn vleugjes geel en groen, zit barstensvol exotische levendigheid. De kleine vlamachtige bloemblaadjes van de prachtlelie worden afgezet tegen het fluweelachtige weefsel van de hanekam en samen vormen ze een overvloedige schikking van licht en schaduw. De felgele bloembak van aardewerk versterkt de kracht die van het geheel uitgaat. Gebruik het bloemstuk bijvoorbeeld als middelpunt voor een overvloedig gedekte feesttafel.

1 Plooi het kippengaas en leg het op de bodem van de schaal. Vul ongeveer tweederde van de schaal met water. Zet de crotonbladeren op hun plaats door de stelen van de bladeren ter ondersteuning in het kippengaas te duwen; er ontstaat nu een omlijsting waarin de schikking gemaakt kan worden.

2 Verdeel de Scarborough lelies over de schikking door de stelen in het kippengaas te steken.

3 Knip de hanekam op 15 à 20 cm lengte af en zorg ervoor dat alle bladeren zijn verwijderd, omdat deze in het water gaan rotten. Verdeel ze gelijkmatig over het arrangement door de stelen in het kippengaas te duwen.

4 Knip de prachtlelies af op een lengte van 15 à 20 cm en steek ze in de schikking en tussen het kippengaas. Zorg ervoor dat u een gelijke verdeling van bloemhoofden in het arrangement krijgt.

5 Duw ijzerdraadjes van 0,7 mm met twee tegelijk in de onderkant van de mango en knip ze af op 15 à 20 cm lengte. Zet de mango voorzichtig iets weg uit het midden en wat op de achtergrond in de schikking door de ijzerdraadjes in het kippengaas te steken. Duw de bloemhoofdjes voorzichtig iets uit elkaar om de mango op zijn plaats te kunnen zetten, zodat u er zeker van bent dat de bloemen bij het plaatsen van de mango niet beschadigd worden. Controleer tenslotte of alle stelen in het water staan.

Wees voorzichtig wanneer u met de mango bezig bent, anders raakt de tere schil gekneusd.

TULPENBOOMPJE

• • •

De bloemen die gebruikt zijn om dit verbazend mooie sierboompje te maken zijn anders dan de traditionele tulpen die maar één laagje bloemblaadjes hebben. Deze tulpen hebben de ene na de andere laag blaadjes van verschillende grootte die samen een heel dicht, rond bloemenhoofd vormen, dat aan een pioen doet denken.

BENODIGDHEDEN

...

1 blok steekschuim voor droogbloemen

...

een mes

...

een mand

...

raffia

...

5 kaneelstokjes van 30 cm elk

...

een schaar

...

lijmpistool en lijm

...

ijzerdraad van 0,7 mm

...

rendiermos

...

1 bol steekschuim, ongeveer 15 cm in doorsnee

...

open tulpenhoofden

Om het beste resultaat van de bloemhoofden te krijgen, zijn ze opengespreid zodat het midden ervan zichtbaar wordt. Dat is niet alleen goed voor het visuele effect ervan, maar vergroot ook het oppervlak dat ze innemen; daardoor zijn er minder bloemen nodig.

1 Snijd het blok droog steekschuim op maat, zodat het onderin de mand past. Afhankelijk van zijn stabiliteit moet de mand meer gewicht krijgen met bijvoorbeeld nat zand, stenen of gips. Bind de kaneelstokjes aan de bovenkant en de onderkant met raffia bij elkaar en duw het boomstammetje dat op deze manier is ontstaan ongeveer 4 cm diep in het steekschuim. Zet het vast met lijm.

2 Maak haarpinvormen van de ijzerdraadjes van 0,7 mm en steek daar het rendiermos mee in het steekschuim aan de onderkant van de boom, waardoor het droge steekschuim volledig wordt bedekt.

3 Dompel de bol steekschuim in koud water. Doe voorzichtig een kleine hoeveelheid lijm aan de bovenkant van de kaneelstokjes en duw de natte bol steekschuim er ongeveer 4 cm diep bovenop.

4 Zorg dat de bloemhoofden zo ver mogelijk open zijn door de bloem in uw hand te houden en de blaadjes voorzichtig naar achteren te duwen, en vouw de blaadjes aan de rand zelfs helemaal van binnen naar buiten.

5 Knip de tulpenhoofden af op een steellengte van ongeveer 4 cm en duw ze in de in water gedrenkte bal van steekschuim. Bedek het oppervlak van de bal gelijkmatig. Ga voorzichtig met de bloemhoofdjes om, anders beschadigt u ze misschien.

MAND MET LELIE- EN HYACINTBOLLEN

• • •

BENODIGDHEDEN

. . .

grote draadmand

. . .

kussentjesmos

. . .

cellofaan (plastic inpakpapier)

. . .

een schaar

. . .

3 bloeiende lelieplanten (3 stelen per pot), bijvoorbeeld 'Mona Lisa'

. . .

3 bloeiende hyacintbollen

. . .

8 takken witte kornoelje met rode bast (Cornus alba) *(of iets soortgelijks)*

. . .

raffia

De takken van de witte kornoelje met rode bast worden met raffia aan elkaar gebonden, zodat een decoratieve en steun gevende omlijsting om het arrangement wordt gevormd. U kun het geheel een meer formeel tintje geven door bamboestokken in plaats van kornoelje te gebruiken, misschien vastgebonden met stroken fluweel in warme kleuren.

Wanneer het budget krap is, is het gebruik van planten in plaats van snijbloemen een zuinige manier om een grote bloemschikking te maken die er toch heel indrukwekkend uitziet.

In dit arrangement in een mand worden twee totaal verschillende planten gecombineerd, die nog wekenlang zullen bloeien. De knoppen van de lelies zullen één voor één opengaan en hun geur, vermengd met die van de hyacinten, zal de lucht met een bedwelmend parfum vullen.

1 Bekleed de hele mand met een laag mos, bekleed vervolgens het mos weer met cellofaan om het vocht op te vangen. Knip het bij.

2 Plant de drie lelies met de aarde uit hun pot in de beklede mand, met de hyacintbollen ertussenin. Bedek de aarde met mos.

3 Duw vier takken kornoelje door het mos heen in de aarde, zodat er een vierkant om de planten heen wordt gevormd. Laat deze horizontaal kruisen met vier andere takken en bind ze met raffia aan elkaar, zodat er een omlijsting ontstaat. Knip de raffia bij.

VAAS MET WITTE JAPANSE ANEMONEN

• • •

In deze verrukkelijke schikking worden bosvruchten en rozenbottels gecombineerd met anemonen uit de tuin. Het idee is simpel, maar het wordt een weelderige bloemschikking wanneer u hem in een sierlijke vaas als deze zet.

BENODIGDHEDEN

. . .

een vaas

. . .

een schaar

. . .

bramen die nog aan hun steeltjes zitten

. . .

rozenbottels op stelen

. . .

witte Japanse anemonen 'Honorine Jobert'

. . .

wingerdbladeren

De eenvoudigste dingen kunnen heel indrukwekkend zijn, maar wanneer u bloemen in water schikt zonder de hulp van steekschuim of kippengaas is het van belang heel goed na te denken over het visuele effect van de vaas op de bloemen. De rozenbottels en bramensteeltjes die hier zijn gebruikt, zijn heel stekelig; ze moeten voorzichtig vastgepakt worden en de dorens moeten verwijderd worden. Maar deze stelen vormen een stevige omlijsting om de tere anemonen op hun plaats te houden. De toevoeging van wingerdbladeren om de hals van de vaas vormt een volmaakte afwerking voor dit arrangement.

1 Wanneer u de vaas met water hebt gevuld, gebruik dan de stelen van de bramen om de vorm te bepalen. Voeg stelen met rozenbottels toe om zowel de structuur als de visuele balans van de schikking te versterken.

2 Voeg de anemonen gelijkmatig aan het arrangement toe. Doe heel voorzichtig met de anemonen, want het zijn uiterst tere bloemen.

3 Zet de stelen van de wingerdbladeren in het water, zodat zij een kraag vormen om de onderkant van de schikking en boven de hals van de vaas uitsteken.

MAND MET RAND VAN HYDRANGEA

• • •

BENODIGDHEDEN

. . .

30 herfstbladeren

. . .

ijzerdraad van 0,7 mm

. . .

een schaar

. . .

30 verse, laat bloeiende hydrangeahoofdjes

. . .

een mand

. . .

zilverdraad van 0,28 mm

Hydrangeahoofdjes die laat in het seizoen waarin ze bloeien worden geplukt, zijn hard geworden en zullen zonder water niet verwelken. Samen met de herfstbladeren zijn ze zo uitgekozen, dat ze buigzaam genoeg zijn om op draad te zetten. Ze zijn hier gebruikt in een bloemversiering die zich van vers tot droog kan ontwikkelen en aantrekkelijk kan blijven.

Neem bloeiende hydrangeahoofdjes en wat herfstbladeren, en met een beetje fantasie verandert u een oude tenen mand in een verrukkelijke schaal. Of u hem nu vult met vruchten of een potpourri van het seizoen, deze mand zal een decoratieve en langdurige aanvulling van uw huis vormen.

1 Zet de bladeren op draad door ze aan ijzerdraad te rijgen en maak er een dubbele poot aan.

2 Geef groepjes hydrangea een dubbele poot met ijzerdraad van 0,7 mm.

3 Maak de op draad gezette groepjes hydrangea en de bladeren om en om vast aan de rand van de mand door zilverdraad van 0,28 mm door de gaten in de mand te rijgen. Zet de groepjes dicht tegen elkaar aan om er zeker van te zijn dat u een goed gevulde rand krijgt.

4 Wanneer de hele rand van de mand is bedekt de zilverdraad afwerken door hem verschillende malen door de gaten in de mand heen te halen. Op een koele plaats zullen de hydrangeahoofdjes op natuurlijke wijze drogen en de levensduur van de mand verlengen.

BOOMPJE VAN SIERKOLEN

• • •

BENODIGDHEDEN

. . .

middelgrote terracotta pot

. . .

cellofaan (plastic inpakpapier)

. . .

zand

. . .

1 blok steekschuim voor droogbloemen

. . .

een mes

. . .

een schaar

. . .

een stuk boomwortel

. . .

2 grote handenvol veenmos

. . .

twijndraad

. . .

ijzerdraad van 0,7 mm

. . .

10 kleine sierkooltjes

De 'boomstam' is gewoon een stuk wortel, waar aan de bovenkant een vochtvasthoudende bal van veenmos op vast wordt gezet. De sierkolen worden met ijzerdraad aan de bal van mos vastgemaakt en doordat ze het water ervan op kunnen zuigen en af en toe besproeid worden, zullen ze een week of wat goed blijven.

Sierbomen kunnen van allerlei materialen worden gemaakt en voor allerlei decoratieve doeleinden gebruikt worden. Dit ontwerp is misschien ongewoon omdat er kolen gebruikt zijn om een kroon van 'snoeisierkunst' voor de boom te vormen.

1 Bekleed de middelgrote terracotta pot met cellofaan en vul hem voor de stevigheid voor ongeveer de helft met nat zand. Snijd een stuk steekschuim af en klem het in de pot bovenop het zand. Knip het cellofaan zonodig af.

2 Duw de wortel in het steekschuim. Zorg ervoor dat u dit in een keer goed doet; als u hem gaat herschikken zal het steekschuim zijn grip verliezen en zal de 'boomstam' niet stevig staan. (U kunt hem nog wat steviger vastzetten door wat lijm aan de onderkant van de wortel te doen voordat u hem in het steekschuim duwt.) Vorm een royale handvol veenmos tot een stevige bal door er een netwerk van twijndraad overheen te spannen.

3 Duw de bal van mos bovenop de wortel en maak hem vast door er horizontaal ijzerdraadjes doorheen te steken, de uitstekende uiteinden naar beneden te duwen en ze om de 'boomstam' heen te wikkelen.

4 Maak met ijzerdraad van 0,7 mm een dubbele poot aan de kleine sierkooltjes en rijg ijzerdraadjes door eventuele losse koolbladeren.

5 Duw de ijzerdraadjes die uit de kolen steken in de bal van mos, zodat hij helemaal wordt bedekt. Vul eventuele open plekken op met de losse bladeren.

6 Maak haarpinvormen van ijzerdraad van 0,7 mm om veenmos vast te zetten op het steekschuim aan de onderkant van de boom en zorg ervoor dat het volledig wordt bedekt.

ZONNEBLOEMEN OP EEN BLOEMENPRIKKER

• • •

BENODIGDHEDEN

• • •

lage keramische schaal

• • •

bloemenprikker

• • •

een schaar

• • •

3 à 5 takken van een hazelaar

• • •

9 stelen zonnebloemen

• • •

5 grote klimopblaadjes

De bloemenprikker stelt de bloemschikker in staat om mooie en eenvoudige ontwerpen te maken zonder dat hij een grote bak nodig heeft. De bloemenprikker is zo zwaar, dat zelfs de topzware zonnebloemen in dit arrangement echt stevig staan als hun stengels eenmaal op de metalen pinnen zijn gestoken.

Dit bloemstuk op een bloemenprikker is een ongedwongen groepering volgens de principes van de minimal art (kunstvorm die enkel basisvormen en -kleuren gebruikt). De magnifieke zonnebloemen, die afgezet worden tegen een achtergrond van hazelaartakken, komen duidelijk naar voren zonder afgezwakt te worden door de onoverzichtelijkheid van andere bloemen.

1 Vul de schaal met voldoende water om de bloemenprikker onder te zetten. Knip de stelen van de hazelaar af en duw ze op de pinnen, zodat er een grote omtreklijn ontstaat.

2 Zet de zonnebloemen op zijn plaats door de afgeknipte stelen op de pinnen te duwen. Rangschik de bloemen al naar gelang de grootte van hun bloemenhoofd. De kleinste bloemhoofden moeten op de langste stelen bovenaan in het arrangement staan en de grotere hoofden op kortere stelen meer naar het middelpunt toe. Vorm een zigzaglijn van bloemen van de bovenkant naar de onderkant. Laat een paar bloemhoofden iets terugwijken en breng de lijn van bloemen over de voorkant van de schaal naar een kant en volg daarbij de omtreklijn die door de hazelaartakken wordt gevormd.

3 Schik de klimopblaadjes om de bloem heen die het middelpunt vormt en doe er ook een paar onder in de schikking. De bladeren geven diepte aan het bloemstuk en hun donkere, groene kleur vormt een geschikte achtergrond voor het felle geel van de bloemen.

ARRANGEMENT VAN GELE ARONSKELKEN

• • •

Dit bloemstuk haalt de opvallende schoonheid van de aronskelk naar voren. Het buit de visuele kracht uit van de bijna lichtgevende goudgele bloemen door ze af te zetten tegen een zorgvuldig opgebouwde achtergrond van aanvullend materiaal in blauw en groen.

De vogelmelk heeft rustige groene stelen en crèmekleurige witte bloemhoofden die in het midden kraalachtig zwart zijn; de vogelmelk maakt het arrangement aantrekkelijk en geeft er ook hoogte aan. De viburnum wordt gebruikt als omlijsting voor het bloemstuk en de metaalachtig blauwe bessen ervan slaan een visuele brug tussen de twee bloemensoorten die zij aanvullen.

BENODIGDHEDEN

...

ondiepe schaal

...

bloemenprikker

...

een schaar

...

10 stelen viburnum bessen

...

11 stelen Arabische vogelmelk (ornithogalum arabicum)

...

5 gele aronskelken

1 Vul de ondiepe schaal met voldoende water om de bloemenprikker te bedekken wanneer hij erin gezet wordt. Schik de viburnum door de afgeknipte uiteinden van de stelen op de pinnen te zetten en gebruik deze planten om de omtreklijn van het bloemstuk te maken en de hoogte en breedte te bepalen.

2 Schik de vogelmelk zo op de pinnen dat ze een diagonaal vormen door de bladeromtrek van de viburnum heen en wissel de hoogte van de stelen af.

3 Schik de aronskelken op de pinnen. Maak ruwweg de vorm van een 'S', met de kleinste bloem op de langste steel aan de achterkant en de grotere bloemen op kortere stelen verder naar voren en naar beneden.

De hele bloemschikking is op een bloemenprikker gezet die bijna onzichtbaar wordt. Op die manier wordt de aandacht niet afgeleid door een bloembak.

TUINMANDJE MET HERFST-KROKUSSEN

• • •

BENODIGDHEDEN

. . .

tuinmandje

. . .

cellofaan
(plastic inpakpapier)

. . .

6 bloeiende krokussen

. . .

mos

. . .

herfstbladeren

. . .

raffia

. . .

een schaar

Men verwacht krokussen in het voorjaar te zien, maar deze prachtige herfstvariant is een aangenaam schouwspel met zijn bloemen die vastberaden door de gevallen bladeren heen opkomen. Natuurlijk hoeft u ze niet perse in de tuin te zetten.

Breng de buitenplanten naar binnen door krokusbollen in een oud tuinmandje te planten in aarde die bedekt is met een natuurlijk uitziend tapijt van mos en bladeren. Dit simpele bloemstukje is net zo indrukwekkend als de meest geraffineerde snijbloemenschikking.

1 Bekleed het tuinmandje met cellofaan en plant de bollen in de aarde.

2 Zorg ervoor dat de bollen stevig geplant zijn en dat ze water krijgen. Schik het mos op de aarde en strooi dan de bladeren over het mos om een herfsteffect te scheppen.

3 Maak strikken van raffia onderaan beide kanten van het hengsel van het mandje.

HERFSTSTUKJE MET KAARS

• • •

BENODIGDHEDEN

...

1 blok steekschuim

...

1 metalen kandelaar

...

6 wilde appels

...

1 kleine pompoen

...

3 hoofdjes lampionplant

...

ijzerdraad van 0,7 mm en 0,4 mm

...

een schaar

...

hertshooiknoppen (hypericum)

...

2 stelen trosrozen

...

1 kaars van bijenwas

Kaarsen van bijenwas hebben een aantrekkelijke structuur en een natuurlijke honingkleur; deze eigenschappen vormen de volmaakte aanvulling voor dit rustieke herfststukje.

De herfstvruchten van de lampionplant, wilde appels en minipompoenen komen goed tot hun recht in deze aantrekkelijke en compacte kaarsversiering. De natuurlijke, warme kleuren van de vruchten en het diepe rood van de hertshooiknoppen vullen de zachte abrikooskleurige schakeringen van de trosrozen heel mooi aan.

1 Dompel het steekschuim in water en snijd het in kleine stukken, die in het opvangschoteltje van de kandelaar passen. Klem ze stevig vast in het opvangschoteltje, zodat ze het arrangement goed kunnen ondersteunen.

2 Zet de wilde appels en de pompoenen op draad met ijzerdraad van 0,7 mm en de lampionhoofdjes met ijzerdraad van 0,4 mm. Alle ijzerdraadjes moeten worden afgeknipt op een lengte van ongeveer 4 cm.

3 Door de ijzerdraadjes in het steekschuim te steken, bepaalt u de plaats van de pompoen, 2 groepjes van 3 wilde appels en een groepje van 3 lampionplanten. Zet ze gelijkmatig en met tussenruimten in de rondte van het opvangschoteltje.

4 Schik de hertshooibladeren tussen de vruchten door korte steeltjes in het steekschuim te duwen, zodat de omtreklijn van het bloemstuk wordt gevormd.

5 Knip de bloemhoofdjes van de trosrozen op stelen die lang genoeg zijn om ze te midden van de bladeren en de vruchten in het steekschuim te kunnen duwen. Gebruik rozenknoppen aan de buitenrand van de schikking en meer open bloemen naar het midden toe. Denk eraan dat u nog genoeg ruimte overlaat om de kaars van bijenwas in het stukje te zetten.

Laat brandende kaarsen nooit onbeheerd achter en laat ze niet verder opbranden dan tot 5 cm boven het bloemstukje.

SCHIKKING VAN BLAUW EN GEEL IN EEN KRUIK

• • •

BENODIGDHEDEN

...

10 stelen ridderspoor 'Blue Butterfly'

...

2 bossen lintbloemen (helenium)

...

3 stelen dracaena

...

raffia

...

een schaar

...

een kruik

De keuze van de vaas is belangrijk, omdat hij een belangrijk onderdeel in het ontwerp vormt. De gele kruik geeft de schikking een landelijk uiterlijk, maar natuurlijk zou hetzelfde arrangement er meer verfijnd uitzien als de bloemen in een moderne glazen vaas zouden staan.

De zonnige kopjes van de lintbloem worden bijna lichtgevend wanneer ze afgezet worden tegen de staalblauwe kleur van 'Blue Butterfly' ridderspoor, een gedurfde kleurencombinatie, die elke omgeving gegarandeerd zal opfleuren. De gemakkelijk te maken, met de hand gebonden en in een spiraal geschikte bos is zo ontworpen dat hij eruitziet alsof de bloemen net zijn geplukt en in het wilde weg zijn geschikt.

1 Spreid de materialen uit, zodat alles onder handbereik ligt. Bouw de schikking op door beurtelings stelen van verschillend materiaal toe te voegen, terwijl u de groter wordende bos bloemen voortdurend in uw hand ronddraait, zodat de stelen een spiraal vormen.

2 Ga verder met deze methode tot alle materialen zijn gebruikt en u een volle bos bloemen hebt. Bind ze met raffia stevig bij elkaar op het bindpunt, dat is het punt waar alle stelen elkaar kruisen. Knip de uiteinden van de stelen af op de lengte die door de vaas wordt bepaald.

GROTE DAHLIASCHIKKING

• • •

Dahlia's bloeien de hele zomer krachtig door, en tot de eerste vorst van de herfst bieden zij de bloemschikker verbluffende variaties in kleur en vorm. De ingewikkelde en nauwkeurige geometrische vormen van de dahliabloemhoofdjes zorgen ervoor dat het arrangement er, ondanks de ongedwongenheid van de helderrode rozenbottels en de zachtheid van de klokjes, gestructureerd uit blijft zien.

1 Vul de pot voor driekwart met water. Vorm de koepelvormige omtrek met de bladerrijke klokjes.

2 Haal de doornen van de rozenbottelstelen, knip ze af en schik ze tussen de klokjes, maar wissel de hoogtes af, zodat ze in overeenstemming zijn met de koepelvormige omtrek.

3 Knip de pompondahlia's af op de gewenste lengte en voeg ze toe aan de schikking, door ze gelijkmatig over het bloemstuk te verdelen. Het doel is een gelijkmatige koepelvorm.

BENODIGDHEDEN

. . .

grote, waterdichte pot

. . .

15 stengels klokjes (campanula)

. . .

een schaar

. . .

10 lange stelen rozenbottels

. . .

30 pompondahlia's

Deze prachtige goudkleurige dahlia's hebben sierlijke, lange, rechte stelen waardoor ze makkelijk in een groot bloemstuk geschikt kunnen worden. Ze zullen het ook goed doen in steekschuim.

BLOEMSTUK VOOR OP DE SCHOORSTEENMANTEL

• • •

BENODIGDHEDEN

· · ·

1 blok steekschuim

· · ·

plastic schaal voor het steekschuim

· · ·

watervaste tape

· · ·

een schaar

· · ·

5 berkentakken

· · ·

6 stelen muisdoorn (ruscus)

· · ·

5 stelen Euphorbia fulgens (wolfsmelk)

· · ·

7 rechte stelen amarant

· · ·

5 stelen troschrysanten

· · ·

5 stelen alstroemeria

· · ·

7 stelen eustoma

Op zichzelf of in combinatie met een arrangement voor de haard (hiernaast afgebeeld), vormt dit schoorsteenarrangement een verbluffend middelpunt in een kamer.

De schoorsteenmantel biedt een opvallende plaats voor een bloemstuk. De uitdaging bestaat erin om niet alleen een visuele balans te scheppen, maar ook een balans qua gewicht. Het bovenblad van de schoorsteenmantel is betrekkelijk smal en de bloemen moeten zorgvuldig op hun plaats gezet worden om te vermijden dat ze naar voren vallen. Verzeker u dus tijdens het opbouwen van de stabiliteit door het gewicht aan de achterkant te houden en zo dicht mogelijk bij de onderkant van het bloemstuk als praktisch gezien mogelijk is.

De tere stelen van de muisdoorn en de wolfsmelk hebben weinig gewicht in verhouding tot hun lengte en zijn dus ideaal voor dit soort bloemschikkingen. Hun natuurlijke kruipende eigenschap betekent dat ze zo geschikt kunnen worden, dat ze het bloemstuk breed maken over de lengte van het schoorsteenblad en lang door aan de voorkant over de rand heen te hangen, en samen met de berkentakken geven zij het bloemstuk structuur. De toevoeging van een verzameling fel gekleurde bloemen geeft het arrangement een grote levendigheid.

1 Dompel het blok steekschuim in koud water en plak het met watervaste tape stevig vast op de plastic schaal. Zet de schaal in het midden van de schoorsteenmantel.

2 Schik de berkentakken en de muisdoorn in het steekschuim om de hoogte en breedte te bepalen. Benut de natuurlijke krommingen van de muisdoorn door hem over de bak te laten hangen.

3 Voeg de euphorbia-fulgens toe om het hangende karakter van het bloemstuk te benadrukken. Verdeel de amarant over de schikking om de vastgestelde vorm te versterken.

4 De troschrysanten zijn de bloemen van het middelpunt en moeten ruwweg zigzagsgewijs aan beide kanten van de verticale as van het bloemstuk worden geschikt. De stelen van de alstroemeria geven kracht en, door een of twee exemplaren ervan iets terug te laten wijken, diepte aan het arrangement.

5 Een stengel eustoma van een goede kwaliteit heeft twee of drie zijstelen. Breek deze af om zoveel mogelijk uit de bloemen te halen. Gebruik stelen met knoppen aan de buitenkant van het bloemstuk en de meer open bloemen meer naar het midden toe. Zorg ervoor dat u een paar bloemen iets terug laat wijken, zodat het zichtbaar diepte krijgt.

BLOEMSCHIKKING VOOR IN DE OPEN HAARD

• • •

Een open haard vormt het middelpunt van een kamer, maar zonder vuur kan een lege haard een doorn in het oog zijn. Keer dit in uw voordeel door de open haard te vullen met een arrangement van bloemen.

Omdat de echte vlammen ontbreken, geeft dit bloemstuk er de heldere, felrode, oranje en gele kleuren van euphorbia fulgens, alstroemeria, tulpen, lelies en chrysanten voor in de plaats. Dit kleurenpalet krijgt diepte en volheid door het paars van de eustoma. De slappe vormen van de muisdoorn en de strakke omtrekken van de berkentakken bepalen de vormgeving van dit arrangement.

BENODIGDHEDEN

...

2 blokken steekschuim

...

1 met plastic beklede mand

...

watervaste tape

...

een schaar

...

10 stelen muisdoorn (ruscus)

...

6 berkentakken

...

10 stelen euphorbia fulgens

...

5 oranje lelies

...

5 stelen rode alstroemeria

...

5 stelen troschrysanten

...

10 oranje tulpen

...

10 stelen eustoma

1 Dompel het steekschuim in water en zet het met watervaste tape vast in de mand. Zet de mand op het rooster in de open haard.

2 Schik de muisdoorn en de berkentakken om een omtrek van bladeren te vormen en benut de natuurlijke krommingen van de muisdoorn om een vloeiend effect te krijgen.

3 Gebruik de euphorbia fulgens om de omtrek te versterken en de hoogte van het bloemstuk te bepalen. De lelies vormen de bloemen van het middelpunt en moeten zo geschikt worden dat ze ruwweg een diagonale lijn over het bloemstuk maken. De alstroemeria moet langs de tegenoverliggende diagonaal gezet worden. Maak de stelen van beide bloemen van de achterkant af naar voren toe geleidelijk aan steeds korter.

4 Schik de troschrysanten op hun plaats en volg daarbij ongeveer de lijn van de lelies, waardoor deze versterkt wordt. Laat ook de stelen van de chrysanten van achteren naar de voorkant toe steeds iets korter worden. Verdeel tenslotte de tulpen en de eustoma gelijkmatig over het arrangement met de meest open bloemen van de eustoma naar het midden toe.

VAAS MET WITTE ARONSKELKEN

• • •

De witte aronskelk is zuiver van kleur en vorm, sierlijk en statig en heeft zo'n indrukwekkende verschijning, dat hij op zichzelf een bloemschikking kan vormen, ondersteund door een minimum aan goedgekozen bladeren. Hier wordt hij samen met de prachtig kronkelende wilgentakken en de grote, eenvoudige bladeren van de aucuba geschikt. Omdat ze in visueel opzicht niet met elkaar concurreren, dienen de wilgentakken en de aucuba alleen maar als achtergrond voor de schoonheid van de witte aronskelk.

BENODIGDHEDEN

. . .

een vaas

. . .

een schaar

. . .

kronkelige wilgentakken

. . .

6 witte aronskelken

. . .

2 bossige takken aucuba 'Gold Dust'

1 Vul de vaas voor ongeveer driekwart met water. Schik de kronkelige wilgentakken in de vaas om de totale hoogte van de schikking vast te stellen. (Wanneer u een wilgentak op de juiste lengte knipt, knip dan de onderkant af in een hoek van 45°, schraap ongeveer de onderste 5 cm van de bast eraf en splijt dit stuk van de tak vervolgens.)

De keuze van een vaas is van groot belang, omdat een eenvoudige, rustige vorm nodig is, waar met name glas en metaal geschikt voor zijn. De gekozen vaas moet de beeldende kracht van de witte aronskelken aanvullen.

2 Schik de witte aronskelken op verschillende hoogtes om een visuele balans te krijgen. De wilgentakken zullen de bloemen helpen ondersteunen.

3 Geef de bloemschikking visuele inhoud door overal stelen aucuba tussenin te zetten, zodat ze een donkere achtergrond vormen waartegen de aronskelken afsteken.

TAFELVERSIERING MET KANDELABERS

• • •

BENODIGDHEDEN

. . .

een kandelaber

. . .

ring van steekschuim, 30 cm in doorsnee

. . .

een schaar

. . .

20 korte stelen viburnum tinus, *in bloei*

. . .

20 korte stelen meerkleurige pieris (rotsheide)

. . .

15 hoofdjes paaslelie

. . .

10 stelen paarse aster

. . .

3 slierten (takken) meerkleurige klimop

Laat brandende kaarsen nooit onbeheerd achter en laat ze niet verder opbranden dan tot 5 cm boven het punt waarop ze uit de houder tevoorschijn komen.

De klassieke combinatie van bloemen en kaarslicht wordt meestal geassocieerd met romantische diners voor twee personen. Maar deze tafelversiering met kandelaber is geschikt voor allerlei speciale diners. Statige kaarsen die drijven op een weelderige zee van witte lelies en paarse asters vormen een tafelversiering die zelfs geschikt is voor de meest officiële gelegenheid.

1 Dompel de ring van steekschuim in koud water en zet de kandelaber in de ring. Omdat het arrangement met zich meebrengt dat de klimop aan zowel de kandelaber als de ring wordt vastgemaakt, adviseren wij om deze schikking te maken op de plaats waar hij komt te staan. Duw de ongeveer 10 cm lange stelen van de viburnum en de meerkleurige rotsheide in het steekschuim om een gelijkmatige omtrek van bladeren te scheppen.

2 Knip de bloemhoofdjes van de lelie en laat er stelen aan van ongeveer 7,5 cm lengte om ze mee in het steekschuim te kunnen steken. Verdeel de hoofdjes in groepjes van drie in de ring van steekschuim. Over het algemeen moeten de groepjes een open bloem naar het midden gericht hebben met twee knoppen aan de buitenrand van de ring. Maar houd in gedachten dat de knoppen in 24 uur open zullen gaan en ruimte in zullen nemen.

3 Asters hebben meestal een stevige hoofdstengel en verschillende zijstengels met bloemhoofdjes, die van elkaar gescheiden moeten worden. Knip alle asterstelen af op een lengte van ongeveer 10 cm en verdeel ze gelijkmatig over het arrangement door ze stevig in het steekschuim te duwen.

4 Klimop kan een tijdlang zonder water leven, maar om er zeker van te zijn dat hij er goed uit blijft zien kunt u het afgeknipte uiteinde van de sliert (tak) in het doordrenkte steekschuim zetten voordat u hem om de kandelaber wikkelt. Om veiligheidsredenen kunt u de klimopbladeren beter niet over de opvangschoteltjes van de kandelaars hangen.

BRUT

ORANJE ARRANGEMENT

• • •

BENODIGDHEDEN

. . .

draadmand

. . .

rendiermos
cellofaan (plastic inpakpapier)

. . .

1 blok steekschuim

. . .

een mes

. . .

watervaste tape

. . .

een schaar

. . .

10 takken met groene bladeren

. . .

7 oranje lelies

. . .

10 oranje tulpen

. . .

20 goudsbloemen

Het matte groen van de bladeren vormt een volmaakte achtergrond voor de opvallende, fel oranje kleur van de drie verschillende bloemen die in deze schikking zijn gebruikt. Het arrangement is een koepelvorm van bloemen die gesteund worden door steekschuim in een draadmand.

1 Bekleed de mand met een laag rendiermos, ongeveer 3 cm dik en bekleed het mos met cellofaan. Snijd een blok in water gedompeld steekschuim op maat, zodat het in de mand past en zet het met watervaste tape stevig op zijn plaats vast.

2 Duw de bladeren in het steekschuim, zodat een koepelvormige omtrek van bladeren tot stand wordt gebracht die in een juiste verhouding staat tot de draadmand. De krachtige kleur en vorm van de bloemen in dit speciale arrangement doen het goed met de sterke groene kleur van de bladeren.

3 Knip de leliestelen af op een lengte die past bij de omlijsting van bladeren. Duw ze gelijkmatig verdeeld over het bloemstuk in het steekschuim om de vorm te versterken.

4 Verdeel de tulpen over het bloemstuk en denk eraan dat ze nog doorgaan met groeien en dat hun natuurlijke neerwaarts gekromde stelen meer rechtop komen te staan.

5 Voeg de goudsbloemen het laatst toe en geef ze verspreid over de schikking een plaats. Denk eraan dat de stelen van de goudsbloemen zacht zijn, dus duw ze voorzichtig in het steekschuim.

Er zijn twee punten waar u aan moet denken. Ten eerste zullen de tulpen nog langer worden en in het steekschuim meer rechtop gaan staan, dus houd daar in uw koepelvorm rekening mee; ten tweede zullen de knoppen van de lelies opengaan, geef ze daar dus de ruimte voor.

VERSIERDE VAAS MET ARONSKELKEN

• • •

Een nieuwe en eenvoudige manier om een vaas er anders uit te laten zien is de buitenkant ervan met natuurlijk materiaal te versieren. In dit voorbeeld wordt gebruik gemaakt van met korstmos bedekte takken. Het idee is buitengewoon praktisch, omdat de takken gedroogd zullen zijn nadat de schikking in de vaas is uitgebloeid. Door er voorzichtig mee om te gaan kunnen ze voor de volgende schikking op de vaas blijven zitten.

BENODIGDHEDEN

. . .

een aantal met korstmos overdekte takken

. . .

een glazen vaas

. . .

raffia

. . .

een schaar

. . .

10 rode leeuwenbekjes

. . .

15 aronskelken

. . .

3 bladeren van de aronskelk

Door de takken boven de vaas uit te laten steken gaan ze helemaal deel uitmaken van de schikking en vormen ze een welkome steun voor de bloemen. Men kan een heel ander uiterlijk creëren door de hoofden van droogbloemen, bijvoorbeeld zonnebloemen, over het hele oppervlak van een gewone glazen vaas te binden.

1 De takken moeten stevig aan de vaas bevestigd worden. Maak daarvoor twee bundeltjes raffia en leg daarop voldoende takken om de omtrek van de vaas te kunnen omsluiten. Leg de vaas op zijn kant op de takken en bind ze met de raffia stevig vast. Knip de stelen van de takken gelijk met de onderkant van de vaas.

2 Zet de vaas rechtop en vul hem voor driekwart met water. Begin met de rode leeuwenbekken en zet ze een beetje naar achteren om de hoogte en breedte van de omlijsting van het arrangement te bepalen.

3 Verdeel de aronskelken gelijkmatig over het arrangement en wissel de hoogte ervan af, zodat u een visuele balans en een goed profiel krijgt. Zet de bladeren van de aronskelk in een diagonale lijn in de schikking, en laat ze van de achterkant naar de voorkant toe steeds iets in hoogte afnemen.

ARRANGEMENT VAN WINTERTAKKEN

• • •

Snijbloemen kunnen duur zijn tijdens de wintermaanden, maar dat betekent niet dat u moet stoppen met bloemschikken. Dit bloemstuk wordt gemaakt van wat er in de winter in de tuin groeit. Het is gemakkelijk om te schikken en biedt een scala aan mogelijkheden om een grote ruimte te versieren.

Het fijne korstmos verzacht de anders zo ruwe takken van de lariks, terwijl de mooie en geurige winterbloesem van de viburnum er een vleugje voorjaar aan toevoegt. Tenslotte zorgen de vuurrode stelen van de kornoelje met zijn rode bast voor een krachtige kleur die behouden blijft zolang de schikking in bloei staat en zelfs daarna nog, als de stelen gedroogd worden.

BENODIGDHEDEN

. . .

5 stelen met korstmos bedekte larikstakken

. . .

een schaar en een snoeischaar

. . .

een grote pot van keramiek

. . .

5 à 10 stelen witte kornoelje met rode bast

. . .

10 stelen viburnum x bodnantense *'Dawn'*

1 Knip de larikstakken zo af dat de meeste takken net zo groot zijn als de hoogte van de schikking en schik ze om de omtrek te vormen. De vaas moet ongeveer eenderde meten van de hoogte van de totale schikking.

2 Knip de kornoeljes met de rode bast af en schik ze zo tussen de larikstakken, dat de stelen aan de achterkant van de schikking zo groot mogelijk zijn en naar de voorkant toe korter worden.

3 Voeg de bloeiende viburnum toe. Varieer de lengte van groot aan de achterkant naar kort aan de voorkant. Zorg ervoor dat alle basten en bloemen van de steeleinden die in het water komen te staan worden verwijderd en dat de dikke, houtachtige stelen gespleten worden.

Als algemene regel bij het gebruik van takken geldt, dat u eraan moet denken om de uiteinden van de stelen van boomschors en korstmos te ontdoen, anders gaan ze rotten, versnellen ze de vorming van bacteriën, verkorten ze de levensduur van de bloemschikking en gaat het water al gauw stinken.

KRUIDENOBELISK

• • •

BENODIGDHEDEN

liniaal

potlood

1 blok steekschuim

een scherp mes

een geschikte vaas

7 radijsjes

8 champignonhoedjes

9 kleine, schone nieuwe aardappeltjes

ijzerdraad van 0,7 mm

een schaar

dille

strobloem

marjolein

munt

laurierbladeren

De vaas geeft de obelisk een prachtig aanzien, maar een minder formeel uitziend, meer rustiek uiterlijk kunt u verkrijgen door een terracotta plantenpot of een met mos bedekte mand te gebruiken.

Een kleurrijke pilaar van kruiden en groenten die er van zichzelf al prachtig uitziet en nog meer opvalt wanneer hij in paren wordt gebruikt. Hij is met name geschikt voor de tafelversiering van een buffet, maar kan ook gewoon als sierobject dienst doen in elke denkbare omgeving.

1 Kras met een liniaal en potlood de snijlijnen op het blok steekschuim. Snijd het blok met een scherp mes in de gewenste vorm. Dompel het in vorm gesneden stuk steekschuim in water en zet het stevig vast in een door u gekozen vaas.

2 Zet alle groenten op draad door er een stuk ijzerdraad van 0,7 mm van de ene kant naar de andere kant doorheen te halen. Laat daarbij aan beide zijden voldoende ijzerdraad uitsteken om ze zover naar beneden te kunnen duwen, dat ze ongeveer 4 cm aan de onderkant uitsteken. Champignons zijn erg breekbaar en u moet heel voorzichtig zijn wanneer u deze op draad zet. Als u hebt besloten in welke volgorde u de groenten gaat gebruiken, werk dan van de onderkant van de obelisk naar boven toe en duw de ijzerdraadjes in het steekschuim, zodat de groenten in horizontale cirkels om de vorm heen komen te zitten.

3 Vul de open ruimtes tussen de cirkels op met een verschillende kruidensoort voor elke cirkel. Kies tenslotte een hoeveelheid laurierbladeren van gelijke grootte uit en steek ze onder de onderste laag groenten in het steekschuim, zodat er een officiële rand wordt gevormd.

Rechts: Het uiteindelijke arrangement.

KAARSDECORATIE MET PAPEGAAI-TULPEN

• • •

Men is geneigd te denken dat een bloem die helemaal open is, aan het eind van zijn nuttige leven is gekomen. Maar de levensduur van deze Papegaai-tulpenhoofdjes is verlengd door de eenvoudige methode van het korter maken van hun stelen. De rode en gele kleuren van de uitgespreide bloemblaadjes van deze tulpen geven de indruk dat er vlammen aan de kaars lekken.

BENODIGDHEDEN

. . .

ring van steekschuim, 15 cm in doorsnee met kaarsenhouder

. . .

kaars, 7,5 x 22,5 cm

. . .

een schaar

. . .

ongeveer 7 à 8 ver openstaande Papegaai-tulpenhoofden

Ook van andere bloemen, zoals rozen en boterbloemen, kunt u met gebruik van deze techniek de levensduur verlengen wanneer hun bloemhoofdjes opengebloeid zijn. Laat een brandende kaars nooit onbeheerd achter en laat hem niet verder opbranden dan tot 5 cm boven het bloemstukje.

1 Dompel de ring van steekschuim in water en zet de kaars in het midden ervan. Controleer of de kaars stevig op zijn plaats staat.

2 Knip de tulpen af op een stengellengte van ongeveer 3 cm en duw ze in het steekschuim. Doe dit om de hele ring heen en let erop dat er geen steekschuim meer zichtbaar is.

KAARSDECORATIE MET VRUCHTEN

• • •

Van een in de winkel gekochte rode kaars in een aarden pot kunt u een weelderige tafelversiering maken door hem te verfraaien met vruchten en bladeren uit de tuin en van de heg. Dit is in technisch opzicht een eenvoudige, maar indrukwekkende decoratie; u zet de pot in een kleine draadmand waar de stengels van vruchten en bladeren op kunstzinnige wijze doorheen zijn gevlochten.

BENODIGDHEDEN

een kaars in een aarden pot

kleine vierkante draadmand om de pot in te zetten

bladeren van de wilde wingerd op steeltjes

trosjes bramen op steeltjes

een schaar

bosjes rozenbottels op stelen

zilverdraad van 0,28 mm

1 Zet de pot met de kaars erin in de draadmand. Vlecht de bladeren van de wilde wingerd door de draadmand om de hele bovenrand heen. Maak een brede slinger van wilde wingerdbladeren om de mand heen.

2 Haal voor de veiligheid de doornen van de bramen en knip ze af op een lengte van ongeveer 6 cm. Duw de stelen in de slinger wilde wingerdbladeren en door de draadmand heen.

3 Voeg op dezelfde manier de rozenbottels toe, maar dan in kleine bosjes om de omtrek van de mand heen. Als de versiering nog verplaatst moet worden, is het veiliger om de stelen extra goed vast te zetten door ze aan de mand vast te binden met stukken fijn zilverdraad.

De plantenmaterialen die hier zijn gebruikt zijn stevig genoeg om een dag of twee zonder water goed te blijven, maar ze zullen veel baat vinden bij besproeiing met water. Laat brandende kaarsen nooit onbeheerd achter en laat ze niet verder opbranden dan 5 cm van het bloemstukje af.

REGISTER

• • •

Met dank aan...
Fiona Barnett dankt Roger Egerickx en Richard Kiss voor hun medewerking bij het beschikbaar stellen van faciliteiten. Met bijzondere dank aan Jenny Bennett voor haar buitengewone inzet.